「ゆっくりでいいですよね」

「ゆっくりがいいわ」

ふふっと笑って背を預ける。優しく乳房を包まれ、
心地よさに吐息をついて目を閉じた。

やわやわと捏ね回され、摘んで紙縫られた乳首がきゅっと凝る。

身に覚えがない「悪役王女」ですが、一途な竜騎士団長と甘々新婚生活しています

小出みき

Vanilla文庫

身に覚えがない「悪役王女」ですが、一途な竜騎士団長と甘々新婚生活しています

目　次

イラスト／氷堂れん

序章

それは目を疑うほど綺麗《きれい》な女の子だった。

激昂《げきこう》した主に殴られ、蹴られ、ただ身体を丸めて耐えるしかなかった彼の前に、突然現れたのは――。

「やめなさい」

凛《りん》とした声が響く。目を吊《つ》り上げ、声高に罵《ののし》りながら彼の脇腹に靴先を蹴り込んでいた少年は、少女を見るなりうろたえた。

「ぼ、僕は別に……」

せわしなく視線を泳がせ、口ごもる。少女が誰だか知っているようだ。

彼女は明らかに自分たちより年下だったが、その立場は少年よりもずっと上らしい。

彼の主は侯爵家の跡取り息子だ。ならば少女はもっと『偉い』人の娘なのだろう。

輝くようなローズブロンドの巻き毛が、見るからに上等そうな衣装の肩にかかっている。

「別に、何？」

斬りつけるようにぴしりと少女は問うた。透きとおる雪白の肌に、きつく引き結んだ唇と決した眦《まなじり》だけが鮮やかに血の気を帯びている。

澄んだ水色の瞳で見据えられ、少年はへつらいに引き攣《つ》った笑みを少女に向けた。

「僕はただ……躾《しつけ》のなってない、犬に……お仕置き、してた、だけ、で……」

「その人は犬ではないし、あなたのしてることはお仕置きの限度を遥《はる》かに超えています」

怒りのせいか、少女の声がかすかに震える。

少女は感情を抑え込むように小さな拳をぎゅっと握りしめた。

びくびくしながら少女を窺《うかが》っていた少年は、耐えきれなくなった様子で顔をそむけ、憎々しげに彼を睨《にら》んだ。

「くそっ、おまえなんかクビだ！」

やぶれかぶれに怒鳴りつけると少年は全速力で逃げていった。

地面に転がったまま思わぬ成り行きに呆然《ぼうぜん》としていた彼は、ようやく身体を起こした。

脇腹と背中が痛み、歯を食いしばってこらえる。力任せに顔も殴られたし、全身青痣《あおあざ》だらけになっているだろう。

タタッと軽い足音がして、ふわりといい匂いがした。

スミレのような、ユリのような、なんとも言えず甘くて清々《すがすが》しい香り——。

「大丈夫⁉」

いきなり顔を覗《のぞ》き込まれて彼は硬直した。

ついさっきまで少年を厳《きび》しく見据えていた少女が、今にも泣きだしそうな顔で彼を見つめていた。厳しかった水色の瞳はすっかり潤んで、今にも涙がこぼれ落ちそうだ。

おとなびていた少女が急に幼くなったように見えた。

いや、年相応になったと言うべきか。さっきの毅然《きぜん》とした表情だと同い年か少し上くらいに思えたが、実際には自分より四～五歳下……たぶん七歳くらいではないだろうか。

それにしても、なんて綺麗なんだろう……。

彼は呆気《あっけ》にとられて少女を見つめた。

雲の上から落ちてきた天界人か？　それとも妖精王のお姫様か？

少女が小さな悲鳴を上げ、我に返って彼はぱちぱちと瞬《まばた》きした。

「血が出てる！」

急いで衣嚢《ポケット》から真っ白なハンカチを取り出し、一瞬のためらいもなく少女は彼の目許《めもと》に押し当てた。

「い、いいよ。ハンカチが汚れる」

「何言ってるの！」

慌てて少女の手を押《お》し退《の》けようとすると、眉を吊り上げた少女はまたくしゃくしゃと顔をゆがませた。

ハンカチを傷口に押し当てたまま、ぽつりと呟《つぶや》く。

「ごめんなさい」

「……なんできみが謝るの？」

「もっと早く止めればよかった。ルーカスがあんまりすごい剣幕《けんまく》だったから……怖くて出ていけなかったの」

「知り合い？」

「親戚。お母様のいとこなの」

恥ずかしそうに少女はうつむいた。

「そのうちやり返すと思ってたのにいつまで経《た》ってもやられっぱなしでやきもきしちゃった。このままじゃ死んじゃうんじゃないかと心配になって、とっさにお母様の真似《まね》をしてみたの。うまくいってよかったわ」

目を上げてニコッとはにかんだ笑みを浮かべる少女にどぎまぎしてしまう。

少女は不思議そうに首を傾《かし》げた。

「どうしてやり返さなかったの？　あんなに強いのに。わたし見てたのよ。ルーカスが男の子たちと喧嘩《けんか》になって、あなたが止めに入ったでしょ？　あなたたちよりずっと大きな子もいたのに、あっというまに全員やっつけちゃった。あなたのおかげで助かったのに、ルーカスがいきなり殴り掛かったからびっくりしたわ」

そう。彼の主は助けられたことに感謝するどころか、余計なことをしやがってと癇癪《かんしゃく》を起こして殴ったのだ。そして毒づきながら倒れた彼に執拗《しつよう》な蹴りを食らわせた。

「……従者に助けられたのが気に食わなかったんだろ」

「わからないわ。ギュンターに助けられたら、わたしちゃんとお礼を言うわ」

「ギュンター？」

「わたしの護衛騎士」

なるほど、正規の騎士が護衛についているなら相当の身分だ。

「俺は護衛じゃなくてただの従者だから、主人より強くちゃダメなのさ。……たぶんね」

「変なの」

納得がいかない様子で花びらのような唇を尖《とが》らせる少女はすごくかわいい。母親が彼の主人といとこであるなら血がつながってるはずだが、全然そうは思えなかった。

「ルーカスは威張りんぼだから嫌い。威張りんぼのくせにわたしにはヘコヘコするからもっと嫌い」

きっぱり言う少女に彼は目を丸くした。

まじまじと見つめられて少女は顔を赤らめ、彼の手を摑《つか》んでハンカチを持たせた。

「骨、折れてたりしないかしら……」

背中の土埃《つちぼこり》をそっと手で払われ、彼は焦った。

「大丈夫だよ、たいしたことない」

「ほんと？　痛くない？」

ぶるぶると首を振る。本当はけっこう痛みがあったのだが、親切にしてくれたかわいい女の子に弱音を吐きたくなくて強がってみせた。

「……きみ、名前は」

と言いかけたとき、どこからか『姫様――！』と怒鳴る男の声が聞こえた。

少女はパッと顔を輝かせて立ち上がった。

「ギュンターだわ！　――ここよ！」

大きく手を振ると、長剣を腰に下げた騎士が駆けつけてきた。三十代半ばほどかと思われるその騎士は隻眼《せきがん》だった。右目に黒い眼帯をしている。

少女に頼み込まれた騎士は、同期の騎士に彼を紹介してくれた。

それは彼の主が通っている武芸塾の塾長で、彼はその屋敷で下男として働きながら武芸を学べることになった。

彼は師匠さえ舌を巻くほどの短期間でめきめきと腕を上げ、その才能を見込んだ有力貴族に猶子（相続権のない養子）として迎えられた。

まもなく正式な騎士に叙《じょ》され、王国騎士団の花形である王立竜騎士団に入った。

騎士団でも実力を認められて副長を務めた。引退することになった団長は彼を次の団長に推挙し、国王はそれを了承した。

そうして彼は弱冠二十二歳にしてヴィルトローゼ王立竜騎士団長となった。

地べたを這《は》いずるしかなかった彼に新たな道を拓《ひら》いてくれた少女の名を、直にその口から聞けなかったことを今でも少しだけ残念に思う。

できれば彼も名乗りたかった。

手当てしてくれたことへの謝意をきちんと伝えたかった。

彼女の名は後日、新たな主となった武芸塾の塾長から聞いた。

アンネリーゼ。

ヴィルトローゼ王国の王女、アンネリーゼ姫。

彼女こそ、彼が崇敬してやまない美しき高嶺《たかね》の花《はな》である。

第一章　竜騎士団長といきなりお見合い！

いつのことなのか、定かではない。

本当にあったかどうかさえも。

わたしはやわらかな草地に座って空を見上げていた。空からは半透明の花びらのようなものが降り注いでいた。

雪だったのかもしれない。

鳥の羽だったのかもしれない。

あるいは本当に何かの花びらだったのかも――。

何かわからないけれど、それをわたしは掌《てのひら》で受け止めた。両掌に、それは山盛りに降り積もった。

そして淡雪が陽射《ひざ》しに溶けるように、ほろほろと溶け崩れ、消えてしまった。

見上げると、青い空にうねる白銀の筋雲が見えた。

わたしはそれを見つめていた。いつまでもずっと見つめていた。

……ただそれだけの夢。

そう、夢だったのだろう。

埒《らち》もないただの夢。なのに何故《なぜ》だか忘れがたい、不思議な夢――。


「――嫁に行ってもらいたい」

父王の言葉に、アンネリーゼは目を見開いた。

びっくりしすぎて咄嗟《とっさ》に返答できない。唾を呑《の》み込み、こほっと咳払《せきばら》いしてようやく出た声は少しかすれていた。

「よ、嫁っ……?」

父王が眉間にしわを寄せる。

ああ、また誤解されたみたい。びっくりするとすぐに受け答えができなくて、焦って答えようとすれば喉に引っかかって妙に不機嫌そうに聞こえるらしいのだ。

侍女のヤスミン曰《いわ》く、『ドスの利いた声』。……冗談ですよぉ～と笑いながらだったが、そうは思えない。

誤解を解くべくアンネリーゼは続けざまに咳払いをして喉を湿した。声の調子を用心深く確かめながら改めて尋ねてみる。

「え、ええと……どこへ、でしょうか……？」

口にしたとたん、『誰に』と尋ねるべきだったろうかと思い至った。

いやいや政略結婚というものはどの国へ嫁ぐかが重要なのであって、相手が誰なのかは二の次のはずだから、たぶん間違ってはいない。おそらく、たぶん。

ヴィルトローゼ王国唯一の王女（今のところ）である自分にいつかそういう日が来るであろうことは、漠然《ばくぜん》と予期していた。

しかし、いざ告げられれば呆然となってどう反応したらいいのかわからない。

父王ラインハルトの気難しげな顔に、わずかなためらいがよぎる。顔をこわばらせるアンネリーゼに淡々と父は告げた。

「騎士団長だ」

「……騎士団長」

ヴィルトローゼで単に騎士団と言えば王立騎士団を指す。要するに正式な王国軍だ。

職務と勤務地でいくつかの大隊＝騎士団に分かれ、さらにその下に分隊、小隊がある。

大隊を取り仕切る騎士団長はすべて伯爵以上の貴族だから王女の降嫁《こうか》先として別におかしくはない。

少なくとも外国に嫁がされるのではないようだ。現在の状況では外国に嫁がせようにもほぼ不可能なのだが……。それにしても、どの騎士団の団長なのか。

父は憮然《ぶぜん》とした顔で顎を撫《な》でた。

「竜騎士団の新団長、ヘレンヴァルト辺境伯シグルト・シュタイベルトだ」

それを聞いてアンネリーゼは眉をひそめた。

「あの。竜騎士団長はギュンターでは……？」

子どもの頃に護衛を務めてくれた騎士だ。父は憮然とかぶりを振った。

「ギュンター・シャハトは引退する。そなたの相手は新団長のほうだ。心配するな、まだ若い。二十二だ」

「それは若いですね」

別の意味で驚いたが、竜騎士団は他の騎士団とは少し違うので、そういう人事もあるかもしれないと思い直す。

「若いが実力は充分だ。三年前に副長に抜擢《ばってき》された時点でその腕前は団員の中でも抜きん出ていた。昨年、もはや完全に追い越されたし、年齢的にそろそろ引退したいとギュンターが申し出てな……。しばらく慰留《いりゅう》していたのだが、決意は固いとわかったので許可した」

父は言葉を切り、軽く溜め息をついた。

「シグルト卿《きょう》はシュタイベルト侯爵の三男だが、実子ではない。実力と才能を見込んで侯爵が猶子にした。いずれわかることだから最初に言っておこう。彼は身元が不明だ」

憮然とした口調にアンネリーゼは目を瞬いた。

「……どういうことでしょう？」

「捨て子だったのだ。それが巡り巡って騎士団とも関係のある武芸塾の塾長宅で下働きとなった。なんでも、仕事の合間に塾生たちの訓練を覗《のぞ》き見てただけで基本の型を全部覚えたとか……」

「すごいですね」

「うむ……。妬《ねた》んで絡んできた塾生たちを苦もなく返り討ちにするのを塾長が目撃し、特別門下生にした。その後また色々あって、シュタイベルト侯爵が猶子にしたいと申し出た。侯爵には息子がふたりいるが、どちらも第二近衛騎士団にしか入れなかった。それが悔しかったのだろう」

近衛騎士団は貴族の当主や子息たちで構成される。第一近衛騎士団は王宮と王族の警護、第二近衛騎士団は王都の警備を司《つかさど》る。

第一近衛騎士団に入るには、貴族であることに加えて高い実力がなければならない。爵位よりも実力の上下が優先される。

シュタイベルト侯爵自身は第一近衛騎士団の重鎮だが、息子ふたりは残念ながら実力が伴わず父と同じ団には入れなかった。その代わりに……ということなのだろうが、ひとつ疑問がある。

「でも、猶子では近衛騎士団には入れませんよね……？」

近衛騎士になるには前提として貴族の身分が必要だ。通常の養子であれば問題ないが、相続権を持たない猶子は貴族と認められない。

父は頷《うなず》いた。

「侯爵は彼を竜騎士団に入れるつもりだった。というか、入れることがわかっていたから後見人になろうと名乗り出たのだ」

「……そういうことですか」

竜騎士団は団員の身分を問わない。しかし平民出身の竜騎士には後見人がつくのが通常だ。いわば投資である。身分を問わないと言っても実際には平民出身の竜騎士は少なく、いても大抵は裕福な家の出だ。

(ということは……きっと物凄《ものすご》い実力者なのね！)

身元不明の捨て子から竜騎士になった例はたぶんない。それも団長になるくらいなのだから、相当なものだ。

感心していると、父王が眉間にしわを寄せた。

「不満のようだな」

「え!?　いいえっ、そんなことはございません！」

慌ててアンネリーゼは平身低頭した。感心していただけなのに、いったい自分はどんな顔をしていたのだろう。また誤解されてしまった……。

相手が誰だろうと父の決定には従うと決めている。そうすれば、いくらかでも『役に立つ』と思ってもらえるはずだから。

父王は咳払いをして、しかつめらしく続けた。

「王女を降嫁させるのはそれだけの理由があってのことだ。新騎士団長の出自を問題にする貴族がかなりいる。予想していた事態ではあるが……。竜騎士団の騎士も結局はほとんどが貴族出身だからな」

どこの馬ともしれぬ平民上がりがトップとなることに不満を覚える者は多い。竜騎士団長だけは他と違って付帯《ふたい》爵位と領地があり、一代限りとはいえ権限は非常に大きい。

「なんといっても竜騎士団長には〈魔の森《ヘレンヴァルト》〉を監視するという大役がある。いざというときには大元帥として全王国軍を意のままに動かすことさえ可能だ。……そんなときなど来てほしくはないが」

ぼそりと父王が呟き、アンネリーゼはピンと来た。竜騎士団は王国守護の要。それを有力貴族に牛耳られるのが不安なのだ。

シグルトとて侯爵がバックについてはいるが、血縁関係のない猶子である。ならば王女を降嫁させることによって王家の側に取り込んでしまえば安心——と、おそらくそういうことなのだろう。

「突然言われて驚くのも無理はない。よって見合いの席を設けることにした。実際に会ってみてどうしても厭《いや》なら……断ってもよい」

憮然とした口調に、アンネリーゼは悟った。有無を言わせぬ命令ではなく、わざわざ見合いの機会を設けたのはヘルミーネ王妃に請われたからに違いない。

王妃はとても優しい人だ。血のつながらぬアンネリーゼをいつも気にかけ、なにくれとなく思いやってくれる。

「見合いは三日後だ。王妃が準備を進めている」

そう言って父は下がれと手を振った。

「……お心遣い、ありがとうございます」

この場にいない継母《ままはは》に向かうつもりで頭を下げ、アンネリーゼはしずしずと御前を退出した。

アンネリーゼはヴィルトローゼ王国の国王ラインハルトと前妃マルグレーテの間に生まれた。

マルグレーテは幼少時よりラインハルトと婚約していたが、青年になった彼は別の女性と恋に落ちた。それが現王妃ヘルミーネだ。

ラインハルトは穏便な婚約解消を図ったが、マルグレーテは頑《がん》として承知しなかった。名門侯爵家に生まれ、並外れて気位が高かった彼女には、たかが伯爵令嬢にすぎないヘルミーネに王妃の座を譲るなど承服《しょうふく》できるわけがなかったのだ。

もともとさほど仲がよかったわけでもないが、特にラインハルトのほうはマルグレーテを単なる親の決めた婚約者としか考えていなかった。

こちらの都合で解消をもちかけたのだからと下手に出るも、聞く耳持たずに撥《は》ねつけられた。婚約解消など絶対にするものかと言い張られ、それまでは好きでも嫌いでもなかったマルグレーテのことが顔を見るのも厭なほど大嫌いになった。

双方の親も交えて話し合いが何度も持たれたが、当事者の一方が絶対に厭だと言うからにはどうしようもない。

父侯爵が補償金と領地の加増《かぞう》で婚約解消に同意したことに焦ったマルグレーテは、最後に一度だけふたりきりで会ってほしいと涙ながらに懇願した。

負い目を感じていたラインハルトは渋々承知した。マルグレーテはそこで彼に強い薬を盛り、意識朦朧《いしきもうろう》となった彼と強引に関係を持ったのである。そして責任を取れと迫った。

卑劣な手を使ったと詰《なじ》られてもマルグレーテは平然としていた。

関係を持ったのは逃れられない事実であり、さらに彼女は一夜にして妊娠した。

もちろん最初からそのつもりで日を選び、さらには身ごもりやすくなるという薬草を服用したりして密《ひそ》かに準備万端《ばんたん》整えていたのだ。

かくしてマルグレーテは得意満面で王太子妃に収まった。陥《おとしい》れられたラインハルトには当然ながら憎悪され、完全別居を貫かれたが気にしなかった。いくら強欲でも、彼の心まで手に入れるのは不可能だということはさすがに理解していたのだ。

妃の地位さえ手に入れられればマルグレーテは満足だった。といってヘルミーネを公式寵姫《ちょうき》にするのを許す気はない。ラインハルトもヘルミーネを愛人扱いなどしたくはなく、さりとて別れるつもりも毛頭なかった。

マルグレーテは自分が男児を産むと信じて疑わなかった。その辺りのこともあらかじめ念入りに調べておいたのだ。跡取りさえ設《もう》けてしまえば離婚される恐れはない。

ところが、予想に反して生まれたのは女の子だった。それがアンネリーゼだ。

何もかも計画どおりに進んでいたのに、肝心なところで頓挫《とんざ》したわけだ。

ヴィルトローゼ王国では女子にも継承権はあるが、男子が優先される。しかしラインハルトがマルグレーテとの間に次子を作ろうとするはずもない。

国王及び王太子には、男子後継者を設けるために一度に限って離婚・再婚が許されている。当然、彼はこの権利を行使することをためらわなかった。

ふたたび陥れられることを警戒し、用心も怠《おこた》らなかった。絶対にふたりきりにはならず、公務で並び立たねばならないときも一メートルの距離を保った。

だいぶ不自然だったが、王太子夫妻の不仲はとっくに国民に知られていた。

離縁に必要とされる『十年にわたる没交渉《ぼっこうしょう》』という条件を耐え抜き、ついに離婚が成立した。

そもそも結婚に至る経緯があまりにもえげつないものだったので、マルグレーテの抗議は却下された。

実家の支援もなかった。十年の間に父は没し、後を継いだ叔父は王家とぎくしゃくするよりも素直《すなお》に婚約解消に同意して補償金と領地の加増をもらったほうがよっぽどよかったと考えていたからだ。

離婚当時、前国王は健在でラインハルトはまだ王太子だったので、マルグレーテが王妃の座に就くことはなかった。

十年越しの純愛を実らせ、ラインハルトはやっとのことでヘルミーネを妻に迎えた。

彼女は結婚後まもなく身ごもり、男子を産んだ。これにより、マルグレーテが国母となる可能性も完全に消えた。

離婚後マルグレーテは一年とたたぬうちに、爵位は持たないが財産だけは有り余るほど持った老人と再婚した。むろん財産目当てで、噂《うわさ》によれば老人のほうから遺産をすべて譲るから結婚してほしいと懇願したらしい。

極悪な性格であってもマルグレーテは十人中十一人が美人だというくらいの超美女だっ

たのだ。

すでに余命わずかな病身だったにもかかわらず、大富豪老人は三年間生き長らえた。超美人妻を娶《めと》れたのがよっぽど嬉《うれ》しかったのだろうと人々は噂した。

ようやくのことで遺産を受け継いだマルグレーテは間髪入れず、今度は没落していた公爵家の気弱な若当主に狙いを定めた。

莫大《ばくだい》な財産と美貌をもって強引に迫り、有無を言わせず妻に収まった。

王妃にはなれなかったものの、公爵夫人という貴婦人としては最高位を手に入れたわけだ。当然ながら公爵は完全に妻の尻に敷かれている。

〈悪《あ》しき毒花〉、〈悪の公爵夫人〉などと呼ばれながらも、マルグレーテは未《いま》だに社交界で幅を利かせている。いかにトンデモ悪女だろうが彼女には美貌と莫大な財産があり、公爵夫人の称号を持つ元王太子妃なのだ。へつらう者には事欠かない。

何より彼女自身がまったく悪びれていないのだった。陰口を叩《たた》かれようが後ろ指を指されようがどこ吹く風、それこそ筋金入りの図太さだ。

しかも彼女を非難するような言動を取った者はどういうわけか必ず不幸に見舞われる。とばっちりを恐れた貴族たちは口をつぐみ、反感を押し殺して低姿勢で彼女におべっかを使った。

かくして抑圧された反感と嫌悪は顔立ちの非常によく似た娘へ向かうこととなる。

アンネリーゼはごく幼い頃から目鼻立ちの整った、華やかな美貌の持ち主だった。しかも弓なりのくっきりした眉や若干上がり気味の眦のせいか、ぱっと見きつい性格だと思われがちだ。

母のしでかした数々の悪行のせいで、アンネリーゼは幼い頃からひどい偏見《へんけん》に苦しんできた。身に覚えのない悪事を山ほど噂された。

たとえば異母弟であるテオドール王太子が人前で躓《つまず》いて転んだりすると、いつのまにやらアンネリーゼが突き飛ばしたことになっている。

その場にいなかったにもかかわらず、だ。

また、ヘルミーネ王妃が風邪をひけば、これまたアンネリーゼが王妃愛用の希少《きしょう》なカシミヤのショールを強引に奪ったからだと言われた。

件《くだん》のショールは王妃が誕生祝いに新品をくれたのであって強奪したわけではない。

嵐で折れた枝が飛んできて王妃の宮殿の窓が割れたときも、実はアンネリーゼが夜陰に乗じて叩き割ったのだと、まことしやかに噂された。ちなみに割れた窓は二階である。

とにかく継母と異母弟に関するよくない出来事は、すべからく妬んだアンネリーゼの仕業と見做《みな》されるのだった。

唯一の救いは彼らがそのような偏見とはまったく無縁なことだ。

父とは物心ついた頃からぎくしゃくしっぱなしだが、ヘルミーネ王妃はいつも優しい。

上っ面ではなく本当に心根が優しい人なのだ。アンネリーゼは継母を心から敬愛している。

こういう人だからこそ父を信じて待ち続け、父もまた不毛な結婚生活を歯を食いしばって耐え抜いたのだ。テオドールもとてもいい子で、素直に姉と慕ってくれる。

ふたりともアンネリーゼの悪口を耳にするたび誤解を訂正しようと懸命に努めてくれるのだが、彼らが必死になればなるほど、逆にアンネリーゼに脅されているのだと周囲の貴族たちは信じ込み、お気の毒に……と同情する。

最近ではもう誤解を解くのを諦め、憎まれ役でいいわと達観《たっかん》しつつあった。

それで王妃と王太子の人気が高まるなら実に結構。自分はいずれどこぞに嫁がされて消えるのだから。

実際のアンネリーゼは引っ込み思案で自信がなかった。毎日のように母から『役立たず！』と罵られ、すっかりそう思い込んでしまったのだ。

同時に『役に立たねば』という強い思い込みも生まれた。

特に父に対しては大きな引け目を感じており、命令には絶対に逆らうまいと決意している。結婚に関しても父の決めたとおりにするつもりだった。

人見知りも激しい。疑いの目で見られ続けて人が怖くなってしまったのだ。

内向的な性格とは裏腹のきつい美貌のせいで、単なる人見知りを『見下してる』、『偉ぶってる』、『高慢ちき』と決め付けられる。

誤解を避けようと外出を控えれば、陰で悪巧みをしていると囁《ささや》かれる。そして何故か口をきいたこともないどこぞの令嬢が階段から落ちたり、ドレスを何かに引っ掛けて破いたりすると、決まってアンネリーゼの嫌がらせということになっているのだった。

本当の性格をわかっているヘルミーネは、なんとか誤解を解こうとしてくれるのだが、庇《かば》えば庇うほど『脅されているのね！』と誤解が大きくなってアンネリーゼへの風当たりが強くなる。

それを謝られるとかえって申し訳なくて、自然と距離を置くようになった。

本当は家族全員と仲良くしたいのに。

ついには誤解を解こうという気力も尽き、すっかり投げやりになってしまった。

いっそ誰も知らないような遠国に嫁ぎたい。母の悪行を知らず、ゆえなき偏見を持たないでくれるなら、二度と戻ってこられないような遠い土地で暮らすほうがずっといい。

六千メートルを超える大山脈と不毛な高原砂漠の彼方《かなた》にあるという、国交のない東の大国へ嫁ぐことを夢想したりもした。

だが、父から持ち掛けられたのは王立竜騎士団長との縁談だった。

騎士団長の領地は西の国境沿い。完全に逆方向である。

竜騎士団は広く王国の守護を司っており、本部は当然王都に置かれている。しかも城壁を挟んで王宮と隣接しており、ぐるっと馬車で回っても三十分とかからない。

「近すぎる……」

溜め息をついたアンネリーゼはふと思いついた。

領地に行ってしまえばいいのでは？　辺境伯だから領地は国境沿いだ。そこにこもっていれば——。

「……だめね。〈魔の森《ヘレンヴァルト》〉だもの」

はぁ、と溜め息をついて首を振る。

ヘレンヴァルトは〈魔の森〉。危険な土地だからこそ、竜騎士団長の付帯領地となっているのだ。元護衛騎士が団長だったことから、その辺の事情は耳にしていた。

ヘレンヴァルト辺境伯領は全域が立入禁止の危険地帯なのである。

領地と言ってもそこから収入があるわけではなく、国庫から手当が支払われている。城もあるが、居住用ではなく監視と防御のための城砦《じょうさい》だ。

いずれにせよ騎士団長の夫人となれば王都に留《とど》まらざるを得ない。これまでと変わらぬ誹謗《ひぼう》中傷に耐えねばならないのかと、アンネリーゼは暗澹《あんたん》としながら自室へ戻った。

悶々《もんもん》とするうちに三日が過ぎ、気がつけば見合いの当日だった。

支度はヘルミーネ王妃が万事抜《ばんじぬ》かりなく整えてくれた。

アプリコットピンクのドレスはウエストをコルセットでぎゅっと絞り、三角形の胸当て《ストマッカー》にはシルクサテンのリボンが隙間なく並んでいる。

前あきのローブの左右と肘丈の袖口にはふんだんにレースがあしらわれ、パニエでふくらませたスカートにもレースで作られた薔薇《ばら》が飾られている。

首に巻いたレースのチョーカーには大粒の真珠がぐるりと縫いつけられ、鏝《こて》で巻いてふんわりと垂らしたローズブロンドの髪には王妃が庭で摘んだ薔薇を手ずから挿してくれた。薔薇は王国の象徴で、王家の紋章にもあしらわれている。

「気が進まなければ無理に受けなくていいのですよ」

王妃の言葉に、アンネリーゼはきっぱりとかぶりを振った。

「お父様のお役に立ちたいのです。立てますよね？　竜騎士団長と結婚すれば」

「それはそうかもしれませんけど……。でも、あなたには好きな人と結ばれて幸せになってほしいわ」

せつなげに眉根を寄せるヘルミーネ王妃に、アンネリーゼはにっこりと笑ってみせた。

「大丈夫です。好きな人はいませんし、好きになってくれる人もいませんから、自力で幸せになれるようがんばります！」

とまどって王妃が目を白黒させる。何が大丈夫なのか自分でもよくわからないが、結婚して一緒に暮らせば素の自分をわかってもらえるのではないだろうか。

夫が味方になってくれればたぶん大丈夫のはず。

いずれ嫁ぐ日に備え、貴婦人のたしなみを懸命に身につけた。

刺繍《ししゅう》に縫い物、各種楽器演奏、歌にダンスに乗馬に弓矢。ひととおりなんでもこなせるし、加減乗除《かげんじょうじょ》の四則算《しそくざん》だってもちろんできる。

今は行き来ができない西隣りのバルムンク帝国の言葉も学び、読み書き会話、どれも不自由しない。教師からも太鼓判をもらった。

教師たちもアンネリーゼの悪評が誤解だということをちゃんとわかってくれている。

そうだった。自分はまったくの孤立無援というわけではなかったのだ。

幼児期は優しい乳母が親身に面倒をみてくれた。だからこそ、家族の中で唯一ぎくしゃくしている父と和解したい。そうすれば誰に悪口を言われたってきっと平気でいられる。

「──本当に大丈夫です。きっとお父様のお役に立ってみせますから！」

拳に力を込めると、絶句していたヘルミーネ王妃は目を潤ませてアンネリーゼを抱擁した。

「わたしはただ、あなたに幸せになってほしいの。だから、この人とは幸せになれそうにないと思ったら遠慮なく断ってちょうだい。けっして陛下に無理強いはさせません」

「ありがとうございます」

アンネリーゼは微笑《ほほえ》んだ。愛妻に止められればおそらく父はこの縁談を諦めるだろう。

でもそれでは父を困らせてしまう。

（大丈夫。ギュンターが見込んで後を任せるくらいの人だもの）

きっと悪い人ではないはずだ。

アンネリーゼはふたたびにっこりと王妃に笑いかけ、見合いの席が準備された中庭へ歩いていった。


そこは宮殿の奥まった一角にある王族専用の庭園だった。

色とりどりの五月の花々が咲き乱れている。中でも多いのは薔薇だ。

もともと野薔薇がたくさん自生していたこともあって、ヴィルトローゼでは薔薇水や精油を取るために栽培が盛んに行われるようになった。

鑑賞用の薔薇も様々な品種が作られており、薔薇の王国として帝国の領邦で名を馳《は》せた。

だが今は、ほぼ孤立状態だ。

もともと帝国領の東端に位置し、王国の東は急激に標高が上がって〈大巌壁《だいがんぺき》〉と呼ばれる峻険《しゅんけん》な山脈に続いている。

峠を越える道はひとつしかなく、山向こうには寒冷で乾燥しきった荒れ地が延々と広がる。その果てに大帝国があるらしいのだが、あまりに難路であるため行き来はほとんどなく、半ば伝説のように語られるのみ。

〈大巌壁〉に三方を囲まれているため、容易に行き来できるのは西隣りのバルムンク帝国に限られた。もともとヴィルトローゼは帝国に臣従する辺境伯が公爵位を与えられ、さらに王を名乗ることを許されて独立したという経緯もあって帝国との結びつきは深い。

かつては皇帝夫妻もよく訪れたという。

しかし、三十年ほど前に国境の森林地帯で異変が起こり、通行不能となった。

真っ黒な流れ星が火を噴きながら落ちてきたのだ。

以来、森には瘴気《しょうき》が満ち、化け物が徘徊《はいかい》するようになった。何度も討伐隊が差し向けられたが、生きて帰還したものはごくわずか。それもすぐに死んでしまった。

豊かで明るい森は得体の知れない〈魔の森《ヘレンヴァルト》〉と化した。

これを監視するため国王は当時の領主に王領地の一部を与えてこの土地を召し上げ、新たにヘレンヴァルト辺境伯領を置いた。

そして竜騎士団長を一代限りの領主としてその任に就けたのだ。

これまでの十年間、ギュンター・シャハトがその地位にあった。彼はもともと優秀な竜騎士で、アンネリーゼの護衛を務めていたのはほんの数年だ。当時の団長と揉《も》めて干されていたのを第一近衛騎士団の知り合いが顧問扱いで招いた。

短い間だったが、アンネリーゼは彼を信頼していた。他の騎士たちと違い、言動はややぶっきらぼうだが、裏表のない率直な人柄が好ましかった。

彼は当時の竜騎士団長が退任するとすぐに復帰し、新団長となった。

十年経って彼が引退を表明し、後を継ぐことになったのがアンネリーゼの見合い相手、シグルト・シュタイベルト――というわけだ。

半ば逃避のようにこれまでの経緯を頭の中で整理しながらアンネリーゼは中庭に足を踏み入れた。何があろうと父の意向に従うと決めてはいる。信頼するギュンターの見込んだ人物なら大丈夫だろうとも思う。それでもやはり本心は不安で仕方がなかった。

薔薇園の真ん中に建てられた瀟洒《しょうしゃ》な四阿《あずまや》が見えてきた。ドーム型の屋根を頂く吹き抜けの四阿には丸テーブルが据えられ、四つの椅子がある。そのひとつに人影が見えた。

アンネリーゼから見て左側。顔はちょうど円柱の陰になっているが、膝の上に置いた手に何か持っているようだ。

（ハンカチ……？）

折り畳んだ白い布を両手で持ち、じっと見つめている。

近づいていくと、赤い糸でイニシャルらしき模様が刺繍されているのがわかった。

その瞬間、人影が小さく揺れ、さっと立ち上がった。

円柱の陰から若い男性が現れる。ほんの一瞬、うろたえたような表情がかすめたが、すぐに消えた。近づくまで気付かなかったことに慌てたのかもしれない。

四阿の手前で足を止めると、彼は胸に手を当ててうやうやしく一礼した。軽く頷いて四阿に入る。彼がさっと椅子を引き、アンネリーゼは無言で腰を下ろした。彼は立ったまま直立不動だ。

座って見上げているせいかもしれないが、雲を衝《つ》くような大男に思えて少し怖い。騎士だけあって体つきは当然頑健《がんけん》そのものだ。

白いチュニックの上に銀鼠《ぎんねず》色の胴着《ダブレット》をまとい、腰に長剣を吊《つ》っている。簡素な身なりだが、実に堂々たる偉丈夫である。

艶のある漆黒の髪をうなじで一括《ひとくく》りにして、背中にさらりと流している。黒髪はヴィルトローゼでは珍しい。瞳の色はこの角度だとよくわからなかった。

やっと気がついてアンネリーゼは言った。

「どうぞ、お座りください」

「恐れ入ります」

彼は一礼して腰を下ろした。一瞬だけ目が合う。

灰色の瞳だった。いや、銀色だろうか。まるで鋼のような硬質の光沢を帯びた瞳だ。

これまた珍しい。ヴィルトローゼの民は金髪や栗毛《くりげ》で、瞳は青か茶系がほとんどなのだ。

ふと、彼は捨て子だと言った父の言葉を思い出した。

(もしかして、異国の人なのかしら……?)

国境が閉ざされたときにヴィルトローゼに取り残されてしまった領邦国《りょうほう》の人々は大勢いる。三十年の月日が流れた今日では彼らは各地に散らばり、地元住民と結婚して家族を持った例も多い。

侍女たちがテーブルにワインの入った壺《つぼ》、銀のゴブレット、果物やナッツを盛った皿を置く。香料入りのワインをふたつのゴブレットに注ぐと、侍女たちは下がった。ひとりを残して全員引き返してゆく。残ったひとりは少し離れて通路脇に控えた。

侍女たちの足音が消えると、辺りはシンと静まり返った。小鳥のさえずりの他に聞こえるのはマルハナバチが薔薇の間をぶんぶん飛び回る音だけだ。

（どうして何も言わないの……⁉）

アンネリーゼは澄ました顔を装いながら密かに冷や汗をかいていた。

こういう時はどちらが口火を切るべきなのだろう。お見合いなんて初めてだから全然わからない。一般的には身分の高いほうが何か言うまで黙って控えているのが礼儀とされる。

（そ、そうだわ。わたしから話しかけないといけなかった）

「……いいお天気ですことね」

緊張のあまり、不自然な言葉づかいになってしまう。内心焦りつつそれとなく窺うと、彼は無言で眉間にしわを寄せた。出だしから躓いてしまい、ますます焦る。

「――そうですね」

無愛想に応じたかと思うと、また黙り込んでしまう。眉間のしわはますます深くなっていた。

(お……終わった……)

がっくりとアンネリーゼは肩を落とした。

お天気の話題なら間違いないと思ったのだが、言い方がまずかったらしい。きっとよそよそしい切り口上に聞こえたのだろう。緊張するといつもそうなってしまう。

そもそも人見知りだから見ず知らずの人と話すときは必ずひどく緊張する。一言交わしただけで終了《ジ・エンド》。ますます誤解されて人は遠ざかってゆく。

いっそ声が出なくなったことにして筆談にしようかしら……などと明後日の方角に思いを馳せていると、ぼそりと彼が言った。

「お忙しいなか、お時間を割いていただき恐縮です」

目を瞠《みは》り、まじまじと彼の横顔を見る。

「——別に、暇ですから」

ふたたび沈黙。

(い、居づらい……!)

なんだろう、このお見合いとはとても思えない重苦しい雰囲気は。

(よっぽど気が進まなかったのね)

アンネリーゼは彼が気の毒になってきた。主君から娘との結婚を持ち掛けられては断りづらい。どうやって断ろうかと必死に考えを巡らせているに違いない。

ふと、先ほどちらっと目にしたハンカチのことを思い出した。あれは恋人からもらったものかもしれない。そう……きっとそうだ！

にわかに腑《ふ》に落ちた。

彼には恋人がいる。しかし国王からの打診を無下にはできず、仕方なくやって来た。どうにか角《かど》を立てずに断ろう、ということなのだ。

（でも、そうだとしたら……すごく誠実な人ってことよね）

王女をやると言われてあっさり恋人を捨てるような人よりよほどいい。

アンネリーゼはこの武骨な騎士に好感を抱いた。

（いいのよ、はっきり言ってくださって。わたしはお母様みたいに強引に結婚を迫ったりしませんから！）

断られたらなんて返せばいいかしら？　落ち着いて、『あら、そうですの』とか……。

あっ、そうだわ！　『どうぞその方とお幸せに』って、にっこり笑ってみせればいいのよ。そうすればきっといい印象を持ってもらえる。

噂ほど悪い人ではないみたいだぞ、って、ご同輩たちに言ってくれるかもしれないわ。そうしたら見直してもらえるきっかけになるかも。

汚名が返上できる！　と早くも浮かれ気分でわくわくしていると、彼がまたぼそりと言った。

「まずは自己紹介をさせてもらってもよろしいでしょうか。すでにお聞き及びのことかとは存じますが」

へっ？　と妙な声が出そうになるのをかろうじて呑み込む。混乱しつつ、アンネリーゼは頷いた。

（断る気じゃなかったの……!?）

「ええ、どうぞ」

彼はごほんと咳払いし、一礼して居ずまいを正した。

「自分はシグルト・シュタイベルトと申します。このたびシャハト団長の後を継いで王立竜騎士団の団長を拝命しました。若輩者《じゃくはいもの》ですが、精一杯務めさせていただく所存です」

こちらも威儀《いぎ》を正して頷く。

「活躍を期待します」

「は。——実を言いますと、私はシュタイベルト侯爵の実子ではありません」

「それは父から聞いています」

「捨て子だと言うことも、ですか？」

アンネリーゼは頷いた。

「侯爵が才能を見込んで猶子にしたと聞きました。その若さで竜騎士団長になったのだから、侯爵の判断は正しかったということです。あなたは王国の守護者。出自は関係ありません」

だから遠慮なく断っていいんですよ、と言外に含ませたつもりだったのだが、何故かシグルトは目を見開き、感激したような面持ちでアンネリーゼを見つめている。

いぶかしげに見返すと、涼しげな目許にさっと朱《しゅ》が走った。

「そ、その。俺、いや私と一緒になったりすると、王女殿下にご不便をおかけするかもしれません」

来た来た、とアンネリーゼは内心にんまりした。自己紹介はいきなり断ったら無礼だと考えての前振りだ。礼儀正しい人ね、と好感度がさらにアップする。

「不便とはなんでしょう?」

「ええと、その、領地のことです。辺境伯の爵位と領地は竜騎士団長の役職に付帯するものでして……役目を終えれば返納しなければなりません」

「知っています」

「もちろん、その後も殿下にけっしてご不自由はさせません」

「ご心配なく。たぶん父はそれなりの持参金《じさんきん》をつけてくれると思いますから」

と言ってからアンネリーゼはハッとした。

（しまった！　これじゃわたしが結婚したがってるみたいじゃないの）

動揺して眉が上がり、口許《くちもと》がピクッと引き攣ってしまう。

それをどう取ったのか、シグルトが困惑したように眉根を寄せる。アンネリーゼはふたたび冷や汗が背中を伝うのを感じた。堅苦しい口調で彼は言った。

「持参金は殿下の財産ですから、お好きなように使ってください。しかし、住まいくらいは自力で用意させていただきたい」

「……はぁ」

なんだかわけがわからなくなってきた。もしかして彼は結婚に前向きなのか？

（それじゃさっきのハンカチは？　――はっ！　まさかわたしと結婚するために涙を呑《の》んで別れた、とか……⁉）

そんなっ、わたしのせいで恋人との仲を引き裂くわけにはいかないわ！　ますます声高に誹《そし》られてしまう！

アンネリーゼが内心焦っているとも知らず、シグルトは生真面目な顔で話を続けた。

「まぁ、それはだいぶ先のことなので、おいおい考えるとして。現役でいる間も、領地でのんびりしていただくということができないのが気がかりなのです。辺境伯領は全域が〈魔の森《ヘレンヴァルト》〉とその影響を強く受けた不毛の地でして。領主館は完全なる城砦で、とても王女殿下が暮らせるところではありません」

「……危険なのですか？」

「はい、とても」

「でも、あなたは行くのでしょう……？」

シグルトは片頬《かたほお》に浅い笑みを浮かべた。

「それが私の役目ですから。何もなくても四半期ごとに巡回することになっています。異変があれば、しばらく詰めきりになるでしょう」

つまり、領地は危険すぎて妻を連れては行けないということ。そこがふつうの領主と決定的に異なる点だ。

「よって、殿下にはずっと王都の館でお過ごしいただくことになります。それなりに快適ではないかと思われますが、王宮にはとても及ばない。ですので私が留守の間は王宮にお戻りいただいてけっこうです」

アンネリーゼは混乱した
断るつもりと思いきや、結婚を前提に話を進めているみたいなんですけど……⁉

「あ、あの。お聞きしますが、あなた、本気でわたしと結婚するおつもり？」

シグルトは面食らったように目を瞬き、ばつの悪そうな顔になった。

「王女殿下がお嫌でなければ。……すみません、先走りすぎましたか」

「い、いいえ、別に……」

気まずくなって顔をそむける。

（ど、どういうこと⁉　あのハンカチ……女物だと思ったけど違ったのかしら）

今日は汗をぬぐうほど暑くはないし、自分のハンカチをあんな真剣に見つめるとも思えない。立ち上がって一礼したときにはとっくにしまわれていたから確認できないが。

（はっ。もしかして恋人のほうから身を引いたとか⁉）

王女を娶《めと》れば出世に有利だからと、別れを告げて去ってしまったのかも！　ああ、どうしよう。そんなつもりは毛頭ないのに……！

妄想にさらなる拍車がかかって青ざめる。シグルトはますますまなげな表情になった。

「むろん、自分ごときが高貴なる姫君を妻に迎えるなど恐れ多いとわかっております。正確には貴族でもない一介の騎士にすぎませんし」

「そ、そんなことは気にしてません！」

「えっ？」

呆気に取られたように彼が目を瞠る。アンネリーゼは焦って腰を浮かせた。

ああ、また間違えてしまった。せっかくこっちから断る口実を作ってくれたのに。ごめんなさい！

「――殿下？」

急いで立ち上がったシグルトを慌てて制し、アンネリーゼは引き攣った笑みを浮かべた。

「どうぞあなたのお心のままになさってください。わたしのことは気にしないで。お父様の命令に従うだけですから！」

アンネリーゼはドレスの裾を摘んで膝を折ると、そそくさと四阿を出た。控えていた侍女が訝《いぶか》しげな顔つきで後に従う。

ちらっと肩ごしに振り向くと、シグルトは胸に拳を当ててうやうやしく頭を下げていた。

カーッと頬が熱くなり、アンネリーゼは品位を保てるぎりぎりまで足を速めて中庭を後にした。

† † †

逃げるように立ち去るアンネリーゼを見送ったシグルトは、しばし放心してその場に立ち尽くしていた。

尻餅をつくようにどすんと椅子に腰を下ろし、頭を抱えて長い溜め息を吐き出す。

「き……緊張した……！」

いつも遠くから眺めるだけだった高嶺の花と、まさかこんな間近で顔を合わせられるとは。手を伸ばせば容易に触れられる距離に、あの子がいた。

あれからずっと憧憬《しょうけい》の存在だった、美しき姫君。

ふんわりしたローズブロンドの巻き毛。夜明けの空のような水色の瞳。雪白の肌、薔薇色の唇。七歳でも驚くほどの美少女だったが、成長に伴ってさらに美しさに磨きがかかり、もはや神々しいほどだ。

ともすれば魂を奪われたようにほけっと見つめそうになるのを、こっそり腿《もも》をつねったり、ぐっと眉根に力を込めたりしてどうにか正気を保った。

変なことを言わなかっただろうか。緊張のあまり、何を喋《しゃべ》ったのかよく覚えていない。入念に予行演習をしておいたのに、彼女の姿を目にしたとたん全部吹っ飛んだ。

ふんわりしたドレスの裾を揺らし、気品に満ちた足どりで歩いてくる彼女は妖精のお姫様のようで、感極まって危うく落涙するところだった。

胸を押さえて溜め息をつくと、複数の足音が拍車を鳴らしながら近づいてきた。からかいまじりの陽気な声が上がる。

「よぉ。見合いはどうだった?」

シグルトは眉根を寄せ、腿に肘をついた体勢のまま胡乱《うろん》な目つきで見上げた。

騎士の格好をした四人の男が立っている。皆まだ若く、十代後半から二十代半ば。背の高さや体格はバラバラだが、様式化された咆哮《ほうこう》する竜の姿が描かれたチュニックを全員がまとっている。

「覗き見か」

「見守ってたのさ、悪徳姫にかじられないようにな」

きしし、と妙な笑い声を上げたのは最初に声をかけた男で、名をレオンと言う。二十一歳で、竜騎士団の副団長。シグルトとは同期入団だ。

「遠目でしたが、噂どおり美しい方のようですね」

すらりとした体躯《たいく》の美青年が言う。やや女性的な美貌ながら目つきは鋭い。十九歳のディートリヒはその美麗な容姿で大勢の貴婦人たちから熱い視線を注がれているが、彼のほうは一顧だにしない。

一番年上で二十五歳のヘルムートは黙って顎をさすっている。彼もまたシグルトやレオンとともに前団長の副官を務めていた。

実力は拮抗《きっこう》しており、彼のほうが年上なので次の団長は彼だろうと思っていたのだが、自分は口下手だし、団長という柄ではないと固辞して副団長に留まった。

最年少の十五歳で最も小柄なフィリベルトは眉を吊り上げ、目を爛々《らんらん》と光らせている。彼はシグルトの従卒だ。

「まさか受けるつもりじゃありませんよね？」

「まさかってなんだ」

「だって〈悪徳姫〉ですよ⁉　あのトンデモ悪女が国王陛下を謀《たばか》って産んだ娘じゃないですかっ」

ムッとしてシグルトはフィリベルトを睨んだ。

「やめろ。そんなのただの偏見だ。王女殿下に罪はない。母親がどうであれ殿下がお優しい方であることは、この俺がよーく知ってる」

「しかしなー、子どもの頃の話だろ？　性格が変わってたっておかしくない」

「……三つ子の魂百まで、とも言う」

いきなりヘルムートがぼそっと呟いて、レオンは目を剝《む》いた。

「そりゃそうだけどよ……。火のないところに煙は立たないって言うじゃないか」

「団長！　とにかく〈悪徳姫〉だけはやめましょう！　もっとずっといい人が他にいますから、ねっ」

フィリベルトが拳を握って食い下がる。辟易《へきえき》してシグルトは肩をすくめた。

「だから〈悪徳姫〉はやめろって。次言ったらおまえクビ」

きっぱり言われて愕然《がくぜん》としたフィリベルトは激しく地団駄を踏んだ。

「あぁあああ！　こうやって不和の種を巻くのが『あー』の得意技なんですよッ、『あー』のッ」

「落ち着け、フィリ坊」

直線的に切り揃えたストレートの金髪をレオンにぽんぽんされ、フィリベルトは眉を吊り上げ怒鳴った。

「その呼び方はやめてくれって何度言ったらわかるんです⁉」

「しゃーねーだろ、おまえがこんなちっこい頃から知ってるんだからさー」

こーんな、と手振りされてフィリベルトの顔が怒りで赤くなる。目にも止まらぬ速さで繰り出された拳をさっと躱《かわ》し、レオンはべーっと舌を出した。

「この……ッ」

薔薇の咲き誇る庭園で低次元な追いかけっこを始めたふたりに、シグルトは溜め息をついた。ふたりのじゃれ合いは日常茶飯事だ。

「……それよりおまえら、どうやって入ってきた？」

「制服を見たら黙って通してくれましたよ」

にっこりするディートリヒの横でヘルムートが黙って頷く。シグルトは掌で顔を覆《おお》って嘆息した。

「職権濫用《しょっけんらんよう》だぞ……」

竜騎士は王宮への自由な出入りが許可されているが、用事がある場合に限って、だ。用もないのに出入りすれば王宮警備担当の第一近衛騎士団に厭な顔をされる。

今日は職務と関係ないため、シグルトは私服で来た。センスの良さで定評のある洒落者《しゃれ》の団員に服を選んでもらったから、服装で駄目出しをされる恐れはないと思ったが、アンネリーゼは特に服には目を留めていなかったようだ。

澄ました顔でディートリヒが微笑んだ。

「団長のお見合いを見守るという、非常に重要な用事がありましたので」

「ただの見物だろうが！」

「……受けるのか？」

ぼそりとヘルムートが尋ねる。シグルトはとっさに返答に窮した。

アンネリーゼ姫と結婚してはどうかと持ち掛けられたのは、新団長として国王から改めて剣を授与されたときのことだ。

内密の話があると言われ、てっきり〈魔の森《ヘレンヴァルト》〉に関することかと思ったら、国王は長々と逡巡《しゅんじゅん》した挙げ句、王女との婚姻を切り出したのだった。

国王の狙いはすぐに理解した。自分の出自に不満を持つ貴族は多い。養父であるシュタイベルト侯爵との関係は今のところ良好だが、その実子である義兄たちには嫌われている。

先々のことを考え、国王は王女を降嫁させてシグルトの地盤を固めると同時に、王家と竜騎士団の絆《きずな》をいっそう強固なものにしようと考えたのだ。

竜騎士団は王国守護の要だが、逆に言えば急所でもある。万が一、竜騎士団が独立を目指せば誰にも止められない。王国軍が束になっても敵《かな》わないだろう。むろん、そんなことはありえないとシグルト個人は考えているが、王家が不安を感じるのもわかる。

「俺は……受けたいと思う。だが、いいんだろうか」

「何がです？」

「俺ごときが王女殿下をもらっていいのか……自信がない」

ディートリヒが呆《あき》れたように鼻を鳴らした。

「王立竜騎士団長を『ごとき』と言う人はいないと思いますけどね。いたらいたで黙らせますから安心してください」

ニコニコするディートリヒを、シグルトはげんなりと眺めた。

「不安しかない……」

「おまえが姫様を嫁にしたいと本気で望むなら、そうすればいい」

ヘルムートの声は低いが穏やかだ。シグルトは苦笑まじりに頷いた。

「王女殿下のお心次第だ」

父王の命令に従う、と彼女はきっぱり言った。もしも気が進まないなら無理強いするのは気が引ける。

だが、手が届くとは考えもしなかった高嶺の花を手に入れられる可能性を示された今、彼女の気持ちを慮《おもんぱか》って遠慮するのはとても難しかった。

†　†　†

青い顔で駆け戻ってきたアンネリーゼを、ヘルミーネ王妃はひどく心配した。

暴言を吐かれたのではと気遣われ、それはないと強く否定すると王妃は首を傾げた。

「任命式のときにわたくしも会いましたけど……大層背が高くて、頑健そうな体格でしたわね。お顔立ちもそう悪くなかったと思うのだけど？」

「それは、あの、文句ない美男子だと思います。はい」

「じゃあ、ガラガラ声だったとか？」

「いえ。響きの良いバリトンでした。号令もよく通りそうな」

「目つきがいやらしい？」

ぶんぶん首を振る。

「汗くさかったとか……」

「いいえっ、全然！」

「まぁ、そうね。お見合い前に湯浴《ゆあ》みもしないような人なら、いくら強くても騎士団長を任せたりはしないでしょう。——で、どうします？　断りたいならわたしから陛下にそのように伝えます。心配しなくて大丈夫よ」

「断りたいわけでも……ないですけど……」

「あら、気に入ったの？」

「ええ……まぁ……」

「本当に？」

ずいっと迫られてアンネリーゼは顔を引き攣らせた。

「ほ、本当です。ただその、もしかして、すでに心に決めた方とかいたら、いけないかな……っと」

「まっ。そういう人がいると匂わされた？」

「いえ、別に、そういうわけでは……」

思い出す限り、そのような気配はなかった。ただ、顔を合わせる直前まで彼がイニシャルが刺繍されたハンカチをじっと見つめていたことが気になるだけで。

「だったら気の回しすぎよ。それより彼はあなたをどう思ったと思う？」

「よ、よくわかりませんけど……領地がないことを気にしてるみたいでした。いえ、あるんですけど、妻を連れては行けないと」

「ああ、〈魔の森《ヘレンヴァルト》〉ですものね。それは仕方がないわ。でもその点は心配しなくていいのよ。結婚祝いに王領地のひとつを所領として貸与することになっています。もちろん城館付き。あなたの子孫が絶えるまで居住できるわ」

「そうなんですか!?」

だったら引退後も安心だ。

「彼は前向きだったわけね？」

「そのように、思えました」

「あなたも？」

アンネリーゼはためらった。

「よい方だと思いますけど……なんというか、突然の話で、まだその、実感が湧かなくて……」

「それじゃ、二、三日考えてからにする？」

「……いいえ、お父様のご意向に沿いたいので。シグルト卿が受け入れてくださるなら、嫁ぎたいと思います」

王妃は口を開けたが、何も言わずに溜め息をつくと頷いた。

「わかりました。ではそのように陛下にお伝えします。……本当によろしいのですね？」

「はい。お願いします」

頭を下げ、アンネリーゼは王妃の居室から退出した。

自室に戻り、部屋の扉を閉めると、それまで黙って後に付き従っていた年若い侍女が目をキラキラさせて叫んだ。

「姫様っ、わたしはすっごくいいと思いますよっ」

「えっ、何が？」

「もちろん縁談に決まってます！　もー、恰好《かっこう》いいじゃないですか～！」

握りしめた拳を口許に当て、身悶《みもだ》えしながら飛び跳ねる侍女にアンネリーゼは顔を引き攣らせた。ヤスミンは三年前から小間使いを務めている。いつも身近に控えているため、素のアンネリーゼを理解してくれる数少ない人物のひとりだ。

「なんたって騎士団長、それも竜騎士団長ですよ!?　かーっこいいーっ！　イケメンだし、超美人の姫様と超超お似合い～！」

「……超が多すぎるわ」

「姫様ったらぁ！　テンション低いですねっ」

「ヤスミンが高すぎるのよ……」

はぁ、と嘆息してこめかみを押さえる。

「……喉が渇いたわ」

「あっ、すぐに香草茶《ティザンヌ》をお淹《い》れします」

ヤスミンは部屋を飛び出していったかと思うと、たちまちポットとカップを載せたトレイを掲げて戻ってきた。

窓際の椅子に座り、菩提樹《リンデン》のお茶を飲む。

「ふぅ。落ち着くわ……」

「さっきの話に戻りますけど、姫様だって結構いいなと思ったんでしょ？」

「……それは、まぁ」

アンネリーゼは頬を染め、カップに口をつけた。

「あの若さで竜騎士団長なんて、すごいですよね～。しかも生まれついての貴族でもない。つまりそれだけの人望と実力があるってことですよ。騎士団の上役って大体爵位順で決まっちゃうんでしょう?」

「近頃はそうみたいね。昔は実力主義だったらしいけど」

「それだけ平和ってことですね！」

「〈魔の森《ヘレンヴァルト》〉を除けばね」

さいわいにもヴィルトローゼの王国内情勢はずっと安定している。それは国境が閉ざされてからも変わらない。

ただ、〈魔の森《ヘレンヴァルト》〉に阻まれて帝国と行き来できなくなると、不安の裏返しからか貴族たちはやけに復古的になった。伝統と格式を過剰に重んじ、身分の序列に関してやたらとやかましい。

王宮と王族の警備を担当する第一近衛騎士団も、入団するには実力が必要だが、内部での序列は爵位順だ。第二近衛騎士団はもっと露骨で、入団するときから爵位の高い者が優先される。

今でも完全な実力主義を取っているのは竜騎士団だけだ。飛竜を使役するため目立つこともあって国民人気はダントツに高い。

ところが、国防の多くを竜騎士たちに頼りながら貴族の多くは彼らを見下している。それは嫉妬の裏返しであり、シュタイベルト侯爵のような昔気質《むかしかたぎ》の人もいるにはいるが少数派だ。

香草茶《ティザンヌ》を飲みながらアンネリーゼはふと窓外に目を遣った。

「――竜が飛んでるわ」

「あっ、本当だ！　お帰りになるシュタイベルト様かもしれませんね」

「動きからすると……飛行訓練をしてるんじゃないかしら」

自在に空を飛ぶ竜を操るのは地を駆けるだけの馬を御すよりずっと難しい。しかも彼らは竜に攻撃させるだけでなく自らボウガンを射たり、剣を振るったりもする。

ふと、シグルトが竜に騎乗して空を飛ぶさまを想像してにわかに鼓動が速まった。

（ひょっとして、わたしも乗せてもらえる……？）

竜騎士が使う小型竜は竜属の中ではもっとも穏やかな性質で知能も高く、人間に好意的だが、気に入らない者は絶対に乗せないとも言われている。

乗れたらいいな……と思い巡らせたアンネリーゼは、慌てて自分がすっかり彼と結婚するつもりになっていることに気付き、狼狽《ろうばい》をごまかすように香草茶を飲んだのだった。

第二章　わたしが高嶺の花ですか!?

シグルトとの結婚が決まったと知らされたのは、早くも見合いの翌日だった。

父王からそれを告げられ、アンネリーゼは意外なような、そうでもないような複雑な気分になった。

挙式は半月後。やけに早いのには理由がある。

六週間後にはシグルトは〈魔の森《ヘレンヴァルト》〉の定期巡視に出かける。現地の状況によってはしばらく帰れないかもしれず、国王は彼が竜騎士団長として初の巡視に出る前に王家と縁続きにしておきたかったのだ。

結婚式は竜騎士団の訓練場となっている広々とした草地で行われた。

王都の東側に広がる湖のほとりに花やリボンで飾った天幕が張られ、やはり花とリボンでおめかしした飛竜たちが相棒の騎士たちと並んで整列している。

小型飛竜の体型は馬に似ているが、大きさは二倍以上だ。馬より長い首にふさふさとたてがみが生え、皮膚は光沢のある鱗《うろこ》で覆われている。

頭部には後方へ湾曲した二本の大きな角があり、尻尾の先は返しのついた鏃《やじり》のようなかたちをしている。

額の真ん中に輝く宝玉は飾りではなく直に生えているもので、玉鱗《ぎょくりん》や竜鱗石《ドラゴナイト》と呼ばれる。色は様々だ。

四肢の先は蹄《ひづめ》ではなく、猛禽類《もうきんるい》のような鋭い鉤爪《かぎ》。一番の特徴は肩から生えた一対の翼で、今はきれいに折り畳まれているため大きさは窺《うかが》い知れない。

首に花輪をつけ、角にリボンを巻いて犬のようにきちんと前肢を揃えて座っている竜は、愛らしさと猛々《たけだけ》しさが絶妙に入り交じっていて、思わず見とれてしまう。

燦々《さんさん》と陽光が降り注ぐ広い草地に勢ぞろいした竜と竜騎士たちは二列に分かれ、その間に金色の縁取りのついた赤い絨毯《じゅうたん》が式場の天幕まで続いている。

そこを父王と腕を組んで進みながらアンネリーゼは緊張のあまり失神しそうだった。

こんなに大勢の竜を間近で見たのが初めてなら、父と腕を組むのも初めてだ。というか、父に触れたのはこれが初めてではなかろうか。

幼い頃に抱き上げられた記憶もない。父はいつも扱いあぐねたような表情で距離を取って娘を見た。

成長するに従って父の困惑は理解できるようになったが、理解はできても寂しさが消えるわけではない。むしろより深まって、いつしかそれはぬぐいがたい引け目となった。

おそらく父に触れるのはこれが最初で最後だろうと思うと、やけにしんみりした気分になってしまう。

式場の天幕に入ると貴賓席に着いていた人々が立ち上がって拍手をした。

新婦側には笑顔のヘルミーネ王妃とテオドール王太子。新郎側には養父であるシュタイベルト侯爵夫妻と三人の実子たち。

侯爵は満面の笑みで手を叩いているが、夫人と息子ふたりは憮然とした表情でおざなりに拍手しているだけだ。

侯爵令嬢に至っては腕を垂らしたまま拳を握りしめており、親の仇《かたき》でも見るような形相で睨まれて背筋が冷たくなった。喋ったこともないのに、何らかの不幸をアンネリーゼの仕業と思い込んでいるのかもしれない。

祭壇の前で父に手を取られ、ようやくアンネリーゼは我に返った。騎士の正装をしたシグルトを一目見るなり、どくんと鼓動が跳ね上がる。

彼は竜騎士団の紋章が織り出された緋色《ひいろ》のチュニックの上から銀色の大きな肩当てのついた白いマントをまとい、正騎士の証《あかし》である長剣を帯びていた。

見合いのときはうなじで一括りにしていただけの髪はゆるく編んで金細工の留め金でまとめている。

アンネリーゼは純白のドレスの上から黄金の留め具のついた赤いマントを羽織り、大粒のルビーが嵌《は》め込まれた黄金のティアラをつけている。

目を見開いてまじまじと見つめていたシグルトが片方の口端《こうたん》で引き攣ったような笑みを浮かべ、アンネリーゼは反射的に目を伏せた。

（やっぱり……）

胸が重くなる。断りきれず、彼はやむなくこの結婚を受け入れたのだ。

祭司の言葉はアンネリーゼの耳を素通りしていった。

わかっていたはずなのに、どうしてこんな虚《うつ》ろな気分になるのだろう。まるで何かを期待していたみたいに。

（いったい何を期待していたの……？）

滞りなく式は進み、互いの手に指輪を嵌《は》める。シグルトの手の大きさに、このとき初めて気付いた。がっしりした手には固い剣だこができている。

ふと、剣を振るうときに指輪が邪魔になりはしないかと心配になった。

シグルトは慎重な手つきでアンネリーゼの指に指輪を嵌めた。自分の手が驚くほど小さく思えて、なんだかひどく頼りない気分になる。

互いの手を取って向き合う。視線が合うや否や、アンネリーゼは目を閉じていた。キスする瞬間に彼がどんな顔になるのか、見るのが怖かった。

かすかに甲冑《かっちゅう》の触れ合う音がして、やわらかくも張りのある感触が、ほんの一瞬唇に落ちた。

祭司が婚姻の成立を宣言し、拍手が沸き起こる。

アンネリーゼが目を開けたときにはすでに彼は参列者に向き直っており、引き締まった横顔から心の内を推し量ることはできなかった。

シグルトに手を引かれるまま天幕を出て、アンネリーゼは目を瞠った。並んでいた竜たちが一斉に翼を広げ、首をもたげて朗々と咆哮を上げたのだ。

さらに驚くことには目の前に白銀の竜が空から舞い降り、長い首を伸ばしてアンネリーゼに顔を近づけた。額の真ん中にはアメシストのような玉鱗が生え、金色の瞳は穏やかで知能の高さが窺われる。

「ファルハ。私の持ち竜です」

固まっていたアンネリーゼはシグルトの囁きにかろうじて頷くのがやっとだった。

じっとアンネリーゼを見つめていたファルハは、つと頭を下げると鼻先でアンネリーゼの右手を持ち上げた。竜が掌を突《つ》つくように鼻先を振り、シグルトが苦笑する。

「撫でてほしいそうです」

「えっ？　いいの……？」

「人間同士での握手みたいなものですから」

おそるおそる長い鼻面を撫でる。正面から見ればかなり馬に似ているので、恐怖心がいくらか薄らいだ。後ろに反《そ》った頑丈そうな角を無視すれば……だが。

静かに竜が啼《な》いたような気がした。谺《こだま》のように、それはどこか遠くから響くと同時に頭の中でも聞こえるような、不思議な啼き声だった。

「では、乗ってください」

「はぃ……えぇえ!?」

うっかり頷いてからアンネリーゼはぎょっと目を見開いた。よく見れば、確かに竜の背には鞍《くら》が置かれ、二カ所のベルトでしっかりと胴体に固定されている。

二人乗り用の鞍らしく、くぼみがふたつあって、前のほうのくぼみは深く、片側が椅子の背もたれみたいになっていた。

（いや、それは確かに乗ってみたいな〜とか思ったけど！）

こんないきなり!?

「失礼します」

軽々と抱き上げられ、わけがわからないうちにアンネリーゼはそのくぼみに収まって目をぱちくりさせていた。

「念のため落ちないようにベルトをしますね。暴れなければ落ちる心配はありません」

そう言いながらシグルトは鞍と繋《つな》がっているベルトをてきぱきと締め、さらに、誰かが持ってきた大きな籠を受け取ってアンネリーゼに渡した。

籠の中にはヴィルトローゼ特産の薔薇がぎっしり詰まっている。

「ま、まさかこれを撒《ま》くの⁉」

「はい」

「空から⁉」

「はい」

きびきびと頷いてシグルトは後ろの鞍に跨《また》がった。

「では、参りましょう」

竜の脇腹に彼は軽くかかとを当てた。シグルトの背後で巨大な翼が広がる。

唖然《あぜん》とするうちにファルハは助走を始め、ほんの五、六歩で力強く地面を蹴って飛び立った。反射的にアンネリーゼが上げた悲鳴は翼が巻き起こす風音にまぎれてしまう。

「大丈夫ですよ、もう安定しました」

花籠を抱え込んで身体を丸めていたアンネリーゼは、シグルトの声にこわごわと顔を上げた。いつのまにか地面が遥か下にある。

「お、落ち……っ」

「落ちません。大丈夫です」

自信に満ちたシグルトの声音に、乱打していた鼓動が少しずつ静まり始めた。それでもやはり怖くて花籠をぎゅうぎゅう抱え込んでしまう。

吹きつける風にやっと慣れてきた頃、彼が言った。

「下を見てください」

「いやです！　怖い！」

「大丈夫ですから、見てください」

なだめる口調におっかなびっくり視線だけを下げてみる。どうやら王宮前広場の上空を旋回しているようだ。

そこに人だかりがしていることに、ようやくアンネリーゼは気付いた。

集まった人々も竜に気づき、指さしたり手を振ったりしている。歓声も聞こえてきた。

「少し下ります。合図したら花を投げてください」

羽ばたいたファルハが、シグルトの指示で悠々と高度を下げてゆく。アンネリーゼは籠に手を突っ込み、花を掴んで身構えた。

「今です！」

鷲掴《わしづか》みにした花を、渾身《こんしん》の力で投げる。わーっと人々が沸いた。城門の高さほどでふたたびファルハは高度を上げた。もしも墜落したら竜は無事でも怪我人《けがにん》が出るのは確実だ。

上空で滑空しながら見下ろすと、人々は花を手にしようと飛び跳ねている。

ふたたびファルハが高度を下げ、アンネリーゼは花を投げた。歓声が上がり、先を争って人々が手を伸ばす。

何度か繰り返すうちにタイミングよく投げられるようになってきた。

籠が空っぽになると、別の竜騎士が追加の花籠を持って近づいてきた。

翼がぶつかりそうな近距離で、素早く入れ換える。それだけでも人々は昂奮《こうふん》して口笛を吹き鳴らし、手を叩いて歓声を上げた。

用意された花をすべて撒き終えると、竜たちは円になって王宮前広場の上空を周回した。

完璧に揃ったその動きはまるで優雅なダンスのようだ。地上でも人々が手にした花を振りながら踊り始める。

人々の歓声に送られて竜騎士たちは湖のほとりに引き返した。その頃にはアンネリーゼは当初の恐怖などすっかり忘れていた。

帰り着くと、天幕では宴の支度が調っていた。出迎えた弟のテオドールはすっかり昂奮して、竜に乗りたいと騒いだ。十歳になるまではダメだと父に諭され、悔しがっている。

楽士たちが音楽を奏でるなか、祝宴は夕暮れまで続いた。

国王一家が馬車で去り、側近の貴族たちがぞくぞくとそれに続く。

馬車の窓から手を振るテオドールとヘルミーネ王妃に手を振り返しながら、父が顔を覗《のぞ》かせないことが少し寂しかった。

アンネリーゼもまたシグルトとともに馬車に乗り、騎士団長の公邸へ向かった。

馬車に揺られるうちに初めて竜に乗った昂奮もだんだんと醒《さ》めてきて、ふたたび緊張と不安が優勢となる。

一足先に戻っていたヤスミンの手を借りてウエディングドレスを脱ぎ、湯浴みをした。王宮から連れてきたのは彼女だけだ。こちらの館の召使から何人かを夫人付きのメイドにしてもらうことになっているが、気心の知れたヤスミンがいてくれるのはありがたい。

湯浴みを終えたアンネリーゼは白いリネンの夜着をまとい、落ち着かない気分で寝台の端に座った。天蓋付きの寝台は大人三人が悠々と寝られるくらいの幅がある。

この他に専用の続き部屋も用意され、王宮での生活と比べてもなんら遜色《そんしょく》はない。寝台に限れば大きさは倍以上だ。

寝台には薔薇の花びらが撒かれ、サイドテーブルには蜂蜜酒の壺とグラスの乗った銀盆が置かれている。

やがてノックの音がして、シグルトが顔を覗かせた。

「……入ってもよろしいでしょうか」

「も、もちろんです」

ぎくしゃくと頷くと、こわばった顔つきで入ってきた彼は少し迷ってアンネリーゼの傍らに腰を下ろした。すぐ隣ではなく、微妙な距離がある。

沈黙が落ちると、自分の鼓動がやけに大きく聞こえてアンネリーゼはうろたえた。彼にまで聞こえてしまったらどうしよう。

（やっぱりこちらから話しかけないといけないのかしら？　でも結婚したんだから……）

しかし何を話せばいいのか。お見合いのときみたいに天気の話題を振るのは不自然だし、あのときだってそれでうまくいったわけではない。

焦ってそわそわしていると、意を決したように息を吸った彼が突然頭を下げた。

「申し訳ない」

「わかってます！」

反射的に叫ぶと、シグルトは怪訝《けげん》そうに眉をひそめた。

毅然と微笑もうとしたのだが、さすがにうろたえて泣き笑いのようになってしまう。

「こ、この結婚が不本意だということは承知しています。本当に申し訳ないと思いますが、父があなたを見込んでのことなのです。こ、これでも一応王女ですので、きっとお役に立てると……いいえっ、必ずやお役に立ってみせますから！　どうぞ今は、堪忍してくださいっ……」

焦るあまりへどもどしてしまい、自分でも何を言っているのかわからない。

ぽかんとアンネリーゼを見返していたシグルトが、にわかにしょんぼりと肩を落とした。

「やはり気が進まなかったのですね……。いや、当然だ。わかっています」

「は？　いえ、わたしではなく、あなたが不本意だろうと……」

目をぱちくりさせたシグルトは、にわかに真剣な顔になって身を乗り出した。

「俺が、ですか？　――とんでもない！　身に余る光栄です！　まさか王女殿下を嫁にいただけるなんて、にわかには信じられなかった……」

凛々《りり》しい顔を紅潮させ、ぐっと拳を握るシグルトにアンネリーゼは唖然《あぜん》とした。

「それはつまり……わたしと結婚したかった、ということですか……？　その、本心から？」

「もちろんです！　高貴なる王女殿下は美しき高嶺の花。俺なんぞその手が届くわけないとわかっていました。わかっていても、どうにも諦めきれず……。身の程知らずに悶々《もんもん》としていたところ今回のお話が――」

「たっ、高嶺の花⁉　わたしがですか⁉」

仰天するアンネリーゼに、シグルトは真剣そのものの顔で頷いた。

「殿下は国王陛下のご息女。どこの馬の骨ともしれぬ俺、いや私からすれば天界人にも等しい存在です」

「そんな大げさなっ……」

しかしシグルトの表情は嘘《うそ》をついているようには思えない。目をキラキラさせる彼は、さながら尻尾をぶんぶん振りまくる大型犬みたいだ。

アンネリーゼは顔を赤らめ、こほんと咳払いをした。

「では……先ほど詫《わ》びられたのは何故ですの？」

「あ。それはですね、手違いで殿下を驚かせてしまい、大変申し訳なかったと」

ふたたびシグルトが頭を下げる。アンネリーゼは面食らって眉をひそめた。

「驚く……？」

「竜に乗っての花撒きです。お知らせができていませんでした」

「確かに、前もって聞いてはいませんでしたけど……」

シグルトは眉根を寄せて嘆息した。

「挙式前に可否を確かめておくよう部下に頼んだのですが……、どうも変に気を回したようで」

「どういうことでしょう」

「その……竜は、なんと言いますか、好き嫌いが態度に出やすくてですね……」

そこまで聞けばわかる。

「つまり、わたしが竜に嫌われると」

「俺は思ってませんよ！　そんなこと、全然まったく考えたこともありません！」

「でも部下の方はそう考えた……。いいんです、きっと心配してくださったんですよね。挙式の列席者の前でわたしが恥をかかないように」

竜騎士でない者が竜に乗れる機会は滅多《めった》にない。よって、断っては来ないだろうと彼らは判断したのだ。実際、もしも訊《き》かれていたら大喜びで承諾《しょうだく》したのは間違いない。

シグルトは申し訳なさそうに頷いた。

「彼らの言い分によれば、そのようです。代わりの馬車を用意しているのを知ったファルハが怒って、尻尾の一振りで破壊してしまいました」

「まぁ大変！」

「普段はおとなしいんですよ。しかし、竜属はとんでもなく力が強いものですから」

すでに鞍を装着済みだったファルハは青くなる騎士たちを尻目にさっと飛び立ち、シグルトたちが天幕から出てくるのを上空で待ち構えていた。

そして、邪魔が入る前に目の前に降り立ったのだ。

「きっと皆さん、ハラハラなさったでしょうね。もしも嫌われたら……わたし噛《か》みつかれたのかしら？」

「そんなことはしません。たとえ気に食わない人間でも、私が同行していればファルハは黙って乗せます。だから大丈夫だと言ったのに……万が一のことがあってはいけないと」

シグルトは溜め息をついた。

「すみません。勝手な判断は控えるよう、しっかり注意しておきました」

「いいんです。部下の方々が気を回しても無理はありませんもの」

軽く自嘲気味に笑うと、シグルトは腹立たしげに口の端をゆがめた。

「そういうの、俺はすごく悔しいです。ただの噂を真に受けて」

「仕方ありません。母を嫌っている人は多いですし、わたしは母によく似ているので。……似てるのは顔だけなんですけどね」

あの図太さまで似ていれば、生きるのはもっと楽だったかもしれない。

ふと、不思議に思ってアンネリーゼは彼を見つめた。

「どうしてあなたは噂を信じないの？」

「殿下はそんな人ではないと存じておりますから」

きっぱり言われてますます困惑する。

「でもわたし、あなたのこと知らないわ。会ったのはお見合いが初めてよ？」

「会ったことはあります」

「えっ、いつ⁉」

「ずいぶん昔のことですが……」

彼はためらいがちに微笑んで言葉を濁した。

「昔っていつ？　何年前？」

「十一年……十二年近く前になるでしょうか。私はまだ十歳くらいで、育ての親を亡くし、とある貴族の家で下働きをしていました。主な仕事は若君のお供や荷物持ちです。なだめたり、ご機嫌を取ったりするのも仕事の内でしたが、そういうのはあまり得意でなくて……。八つ当たりされることも多かったですね」

記憶の底で何かが揺らいだ気がした。魚が身を翻《ひるがえ》し、水底の砂を巻き上げるように、ずっと沈んでいた記憶の断片が音もなくゆらゆらと漂う。

アンネリーゼは眉をひそめ、無意識にこめかみを指で押さえた。

「ある日、若君が通っていた武芸塾のお仲間と喧嘩《けんか》になって、助けに入りました。若君が一方的にやられていたので加勢したのですが、余計なことをしたと怒らせてしまい……。怒鳴られながら蹴飛ばされていたら、七歳くらいの女の子が止めに入ったんです。子どもながらにすごく綺麗な女の子で……若君の従姉違《いとこちが》いだということでした」

アンネリーゼはハッとした。

「あなたが仕えていた貴族って……」

「ラングヤール侯爵のお宅です。当時の若君が、現在の当主となっています」

やっぱり、と息を呑む。

「それ、母の実家だわ。十一年前なら……あなたが仕えていたのはルーカスね？」

シグルトは頷いた。

当時のラングヤール侯爵は母の叔父だった。母は一人娘だったため、叔父が爵位を継いだのだ。叔父は数年前に亡くなり、今はルーカスが侯爵である。

シグルトは、ていねいにたたんだ白いハンカチを差し出した。縁にレースのあしらわれた女もののハンカチ。お見合いの前にシグルトが食い入るように見つめていた——。

「これは、そのときの女の子がくれたものです。いや、くれたというより結果的にもらってしまった、と言ったほうがいいかな。彼女はこの真っ白い上等なハンカチを、ためらいもせず私の擦り傷に押し当てた」

ハンカチには赤い糸でイニシャルが刺繍されていた。まだ上手とはいえない、たどたどしい手つきを思わせる刺繍は装飾的なA。

「これは……」

受け取ったハンカチを見つめてアンネリーゼは絶句した。

間違いない。自分のハンカチだ。まだ刺繍がうまくできなくて、繰り返し練習してた頃の……。

ぼんやりした記憶が頭をもたげた。大嫌いな従弟違《いとこちが》いが、地面に倒れた男の子を執拗《しつよう》に蹴っている。何故か男の子は抵抗しない。さっきはルーカスよりも大きな少年たちに飛び掛かって、あっというまにやっつけてしまったのに。

どうして黙って蹴られているの？　どうしてルーカスは、助けてくれた人をあんなにひどく蹴飛ばすの？

むらむらと腹が立って、気がつけば飛び出して叫んでいた。やめなさい、と。

あのときの男の子の顔ははっきり覚えていない。記憶を探ろうとするとたちまちぼやけてしまう。

夜空の暗い星を見つめたときみたいに。視線を逸《そ》らせばまた星は浮かび上がり、見つめると消えてしまう。だけど星は確かにそこにある。

「……あのとき、の……？」

「覚えていてくださったのですね」

嬉しそうな笑みにアンネリーゼは顔を赤らめた。

「ごめんなさい。言われるまですっかり忘れてました」

「思い出してくれて嬉しいです」

「ずっと覚えていてくれてわたしも嬉しいけど……会ったのはあのとき一度きりでしょう？　手当てというほどのこともしてないし」

「いや、あなたは俺の人生を手当てしてくれた。もっとよい働き口を探すようギュンター師匠に頼んでくれましたよね。おかげで武芸塾を開いていたアルノー師匠のところで働けるようになった」

「それはギュンターから聞いたような気がするわ。確か、騎士団の同期とかで……」

「そうです。アルノー師匠の家で働き始めて人生が変わりました。――いや、そうじゃない。やっぱりあなたと出会ったからです。あなたが王女殿下だとギュンター師匠から聞いて、そのとき初めて騎士になりたいと思いました。師匠みたいにあなたの護衛になれたら……と。それで、仕事をしながら横目で塾生たちの訓練を盗み見て夜中に練習しました」

それからしばらくしてルーカスに絡まれた。彼は自分が馘《クビ》にした下男がよりにもよって正式な騎士である武芸塾長に拾われ、以前よりずっといい暮らしをしているのが気に食わなかったのだ。ルーカスはシグルトに恥を掻《か》かされたと逆恨みをしていた。

彼は仲間をそそのかし、シグルトを袋叩《ふくろだた》きにしてやろうと目論《もくろ》んだが、ふたたび全員返り討ちとなり、最後に残ったルーカスはやぶれかぶれで彼に突進した。

勝負は一瞬で決まった。尻餅をついて呆然としたルーカスはやにわに護身用の短剣を抜いてシグルトに襲いかかった。

そのとき塾長のアルノーが大声で一喝し、ルーカスは固まった。アルノーは騒ぎに気づき、とりあえず陰で静観《せいかん》していたのだ。素手や木剣での打ち合いならともかく、子ども同士の喧嘩で刃物は行き過ぎだ。しかもシグルトは徒手空拳《としゅくうけん》だった。

ルーカスたちは一か月間武芸塾への出入りを禁止された。シグルトはまた馘になるのを覚悟の上でアルノーの問いに素直に答えた。

結果、思いがけないことに彼は働きながら武芸を学ぶことを許されたのだった。

稽古への参加が許されると彼はめきめきと腕を上げ、やがては下男としての仕事からも解放されて稽古に専念できるようになった。ずっと年上の塾生たちと同等に打ち合えるようになるまでさほどの時間はかからなかった。

十五歳のとき、とある練習試合でシュタイベルト侯爵の目に留まった。すでに竜騎士団に合格していた彼を、侯爵は猶子に迎えた。

十七歳で正式な騎士に叙され、二十歳で竜騎士団の副長となった。それから二年経ち、引退を決めたギュンターは彼を次の団長に推薦した。

「すべてあなたのおかげです」

真剣な口調で告げられ、アンネリーゼはたじろいだ。

「わたしはきっかけを作っただけよ。ここまで来られたのはあなた自身の才覚でしょう」

「きっかけがなければ、そもそも歩きだすことすらできなかった。だからあなたは俺の最大の恩人なんです。なんとか恩返ししたくて騎士になろうとしましたが、王族の警護は第一近衛騎士団の役目。俺には入れない。だから竜騎士を目指した。ギュンター師匠があなたの警護をしていたのは、両方の騎士団員の資格を持っていたからなんですよね。昔はけっこうそういう人がいたと聞きました」

「あの。もしかして、わたしの護衛騎士になりたいってギュンターに言ったの……？」

シグルトは照れくさそうに微笑んだ。

「気の毒だがそれは無理だとはっきり言われましたよ。いくらがんばって強くなっても、貴族の猶子になっても、近衛騎士団には入れない。でも竜騎士になれば、直接あなたを護衛できなくても王国を守ることはできる。自分にできることがそれしかないのなら、全力でそれをやろうと思ったんです」

迷いのない銀色の瞳を、絶句してアンネリーゼは見つめた。

十年以上前に一度会っただけなのに。ほんの二言三言交わしただけ。たった数分かそこらの出来事だ。アンネリーゼはすっかり忘れていたのに彼はずっと覚えていてくれた。

恩を返そうと努力を重ね、今の地位を築いた。

（それに引き替えわたしなんて……）

急にものすごく恥ずかしくなる。

自分はどんな努力をしただろう。母に似た顔立ちのせいで性悪だと決め付けられるのがいやで仕方ないのに、偏見を覆《くつがえ》そうと精一杯の努力をしたと言えるか？

確かに努力はしてみたのだ。でもすぐに諦めてしまった。これ以上傷つくのが怖かった。

そう、自分はどうしようもない臆病者《おくびょうもの》だ。

罵られるのが怖い。嫌われるのが怖い。努力が報われないのが怖い。

だから諦めて何もしなかった。誰かの役に立ちたいと願いながら、拒絶されるのが怖くて自分から切り出すこともできなかった。ただの甘ったれだ。

シグルトはもっとずっとつらい立場だったのに。生みの親を知らず、育ての親も亡くして。主人のドラ息子に八つ当たりで暴力を振るわれても黙って耐えるしかなかった。

アンネリーゼのおかげで人生が変わったというが、彼ならいずれ自力で変えることができたに違いない。恩人だなんて、とんでもない買いかぶりだ。

「……わたし、あなたにはふさわしくないと思う」

彼は力強く頷いた。

「わかってます。殿下にふさわしい伴侶になれるよう、努力は惜しみません」

「そうじゃなくて！　あなたのような立派な人に、わたしみたいな臆病者はふさわしくないって言ってるの！」

シグルトはとまどったようにアンネリーゼを見つめた。

「殿下は臆病じゃありません。俺を助けてくれたじゃないですか」

「あれはただの勢いで――」

「勢いだけじゃ、なかったです」

生真面目な顔で彼は断言した。

「あのとき殿下が怖がってたのは、なんとなくわかりました。青ざめてたし、今にも泣きそうでしたから。でも、一歩も引こうとしなかった。拳を握りしめ、足を踏ん張ってルーカスを睨んでた。……挫《くじ》けそうになるたび、あのときの殿下の姿を思い出しました。そうすると闘志が湧いてくるんです。ここの、どこか深いところから」

そう言って彼は胸に手を当て、微笑んだ。

「俺のために勇気を振り絞ってくれたお姫様に申し訳ないじゃないかという気持ちになって、いつでも立ち上がることができました」

「……美化しすぎよ」

「そんなことはありません。殿下はお美しすぎて美化しようがありませんから」

「何それ」

まじめくさった口調に思わず噴き出し、じわっと目が潤むのを悟られたくなくて俯《うつむ》いた。

「……わたし、怖がりなの。怖いことがいっぱいある。またひとつ増えたわ」

「なんですか？」

「あなたに幻滅されるのが怖い」

シグルトはうつむいたアンネリーゼの手をそっと取った。

「それは俺もです。俺は全然立派な人間なんかじゃありませんから」

呆然と彼を見ていると握られた手を引き寄せられた。彼が上体を傾ける。アンネリーゼは目を閉じた。婚礼のときと同じように。でも、今度はちゃんと彼の目を見てからだ。

あたたかな感触が、あのときよりもはっきりと伝わった。何故か泣きたくなる。唇が離れ、目を開くと睫毛《まつげ》が濡《ぬ》れていた。それをじっと見つめられてもいやではなかった。

彼の指先が頬に触れる。掌で頬を包まれると、自然と笑みが浮かんだ。

彼はまぶしそうな顔で囁いた。

「ずっと遠くから見てました。竜騎士団長になって一番嬉しかったのは、あなたにお目にかかれるかもしれないということで……まさか結婚の話が出るとは思いもよらず、見合いでは緊張してうまく喋れなかった」

「わたしも。あのときあなたは女物のハンカチを見つめていたから、あなたには心に決めた人がいるのだと思って……」

「心に決めた人はいます。今、目の前に」

「本当に、わたしでいいの……？」

「あなたがいいんです。ずっと想《おも》っていた人だから」

抱きしめられ、唇をふさがれた。最初は遠慮がちだったくちづけが、どんどん熱っぽく、むさぼるようなものへと変わってゆく。

胸を弾ませながら懸命にそれに応えるうち、ドサリと寝台に倒れ込んだ。

シグルトは覆い被《かぶ》さるように間近からアンネリーゼを熱っぽく見つめた。思慮深い灰銀の瞳が、まるでるつぼで融《と》かされたかのような光沢をおびている。

それが欲望の光であることを理解しても恐怖は感じなかった。

がっしりした大きな手で夜着の上からそっと乳房に触れられ、頬が熱くなる。推し量るようにゆっくりと揉みしだかれると、お臍《へそ》のずっと奥のほうで何かが疼《うず》いた。

「……いいですか？」

低い声で囁かれ、わけがわからないまま頷く、夜着の裾をめくられてやっと意味に気付いたが、焦っているうちに全部脱がされてしまった。

剝き出しになった胸を慌てて隠そうとすると手首を摑まれ、まとめて頭上で押さえ込まれる。

「隠してはいけません」

諭すような口調に思わずこくこく頷くとシグルトは微笑んで手を離した。

中途半端な恰好でおろおろする間に彼は身を起こし、無造作に夜着を脱ぎ捨てた。

逞《たくま》しい胸板と割れた腹筋が目に飛び込んできて、アンネリーゼは悲鳴を上げて掌を目に押しつけた。

「どうかしました？」

当惑した彼の声に、ぷるぷるとかぶりを振る。

「ごめんなさい！　見てしまいましたっ……」

「見てもいいんですよ。夫婦なんだから」

「そ、そうでした……」

おそるおそる指の間から目を覗かせると、シグルトが苦笑していた。

反射的にぎゅっと目を閉じ、声にならない悲鳴を上げて悶《もだ》えていると、今度はからかうように言われた。

「見たくないなら無理しないでください」

「見たくないわけではなくっ……と、殿方を見慣れないもので……っ」

「見慣れてなくてよかったです」

彼は笑ってアンネリーゼの唇にチュッとキスした。恐々と目を覗かせれば優しい笑みに安堵《あんど》を覚える。身体のこわばりが解け、彼の背におずおずと腕を回した。

肩甲骨の固い感触に胸がドキドキする。なめらかな皮膚の下、しなやかな筋肉の躍動を感じ、頭がクラクラするような浮遊感に包まれた。

ついばむようなキスを繰り返していた彼が、ふと耳のすぐ下に唇を押しつけた。舌先でちろりと舐《な》められると痺《しび》れるような戦慄が背筋を走る。

「んッ……」

思わず洩《も》れた声にアンネリーゼは顔を赤らめた。彼の手がふたたび胸のふくらみを包み、やわやわと揉み始める。

指先で先端を摘まれ、軽く紙縒《こよ》られると、たちまち凝《こ》ってつんと立ち上がった。

彼はそれを口に含み、もう片方の乳首も同じように弄《いじ》りだした。

尖った乳首を吸われると、下腹部につきんと疼痛《とうつう》が走った。未知の感覚にとまどい、無意識のうちに刺激を逃すように腿を擦り合わせる。

初夜の心得についてはヘルミーネ王妃から聞かされたものの、どうにも現実感が湧かなくてうろ覚えだった。覚えているのは、初めて身体を繋げるときは痛みを伴うが、気持ちが通じ合っていればやがて心地よくなるということくらいだ。

（だったら大丈夫よ、ね……？）

未知なる経験への恐れはあるにせよ、互いの気持ちが通じ合っているのは間違いない。彼はアンネリーゼを十年以上も一途《いちず》に想い続けてくれた。

アンネリーゼは彼のことを忘れていたが、見合いの席で顔を合わせた瞬間、好意を抱いた。素敵な人だと感じ、他に想い人がいることを残念に感じた。

まさかその想い人が自分だったなんて――。

何よりも、偏見の目で見られないことが嬉しかった。彼が母の悪行を知らないはずがない。顔が似てるなら性格も似てるはずだと短絡的に決め付ける人々が大半を占めるなか、彼は幼かったアンネリーゼの言動から感じとったものを信じ続けてくれた。

その信頼に応えたい。真摯《しんし》な愛に、同じだけの愛を返したかった。

「――すみません。痛かったですか」

焦った口調で問われ、アンネリーゼは我に返った。自分が涙を流していたことにやっと気付く。急いで涙をぬぐい、にっこりと微笑んだ。

「違うの。わたし……すごく幸せだな、って思って」

惚《ほう》けたように見つめていた彼が、にわかに真剣な目つきになってぐっと迫ってきた。

「もっともっと幸せにします！　世界中の誰より一番幸せに！」

ぎゅうぎゅう抱きしめられて目を丸くしたアンネリーゼは、ふふっと笑って頷いた。

「はい」

全力でそう言ってくれる人と結ばれただけで、もうとっくに幸せなのだけど。

感極まって目をキラキラさせるシグルトは、堂々たる偉丈夫にもかかわらずなんだかすごくかわいい。

思わず撫でたくなって、さすがに頭は遠慮して頬を撫でると、彼は喜び勇んで主人に飛びつく犬みたいにぎゅうとアンネリーゼを抱きしめた。

「はぁ……。愛らしすぎて心臓が止まりそうだ」

大まじめに言って彼は深々と溜め息をついた。愛《いと》しげに乳房をまさぐり、唇を押し当てる。脇腹から臀《でんぶ》部を撫でた手が腿の内側に回り、膝裏を掴んでぐっと持ち上げた。

秘処が剝き出しになる感覚に、カーッと全身が熱くなる。念を押すように彼が尋ねた。

「……よろしいのですね？」

顔を赤らめながらこくんと頷くと、彼は身体をずらし、広がった脚の間をじっと見つめた。食い入るような視線に羞恥が込み上げる。

そんなにまじまじと見ないでほしい……！

唇をきつく引き結び、固く目を閉じて堪えていると、突如驚くような強い刺激が秘裂に走った。

「ひゃっ……⁉」

上擦った悲鳴を上げて頭をもたげると、大きく開いた脚の間に彼が顔を埋めていた。剝き出しになった花芯を直接舐めている。

「え!?　え!?　ちょ……あのっ……!?」

惑乱するアンネリーゼにはかまわず、彼は舌と唇を使って巧みに花芽を舐めしゃぶった。じゅっと吸われると脳天を突き刺すような刺激が走り、のけぞってしまう。

（な、何……!?　なん、で……っ）

涙目になって喘《あえ》ぐ。アンネリーゼは震えながら彼の肩を必死に押した。

「だ、だめ……！　きたな……ッから……ぁっ」

「湯浴みしたでしょう?」

「そ……だけど……」

「大丈夫、とても甘いです」

そんなわけがない。花じゃないんだから、甘いはずがなぃ……っ。

「――ッひ！」

尖らせた舌をずぷりと蜜孔にねじ込まれ、はじかれたように顎が上がる。舌先でこじりながら蜜を啜《すす》られてがくがくと身体が震えた。

「あ……ぁん……んん……ッ」

指の関節を嚙んで声を抑えようとすると、じわりと目が潤んだ。

（や……なんでこんな……気持ちいいの……!?）

とんでもないことをされているのに。こんなことされるなんて、聞いてない……っ！

口に含んで吸ったかと思えば、付け根からくすぐるようにちろちろと舐め上げる。

執拗に弄られ、いつしかアンネリーゼははぁはぁ喘ぎながら腰をくねらせていた。

下腹部にわだかまる重だるい感覚がどんどん強まって、居ても立ってもいられないような切迫した気分になる。

「ん……ん……ふ……っあ」

濡れて重くなった睫毛を瞬くと、蜜洞がずくりと不穏に疼いた。

何かが頭をもたげる。何か得体の知れないもの。

蠢《うごめ》く舌に追い立てられ、身をよじりながらアンネリーゼは唇を噛んだ。苦痛に似た、それでいてまるで違うものが身体の中心から駆け上ってくる。

「や……ぁ……あ……あぁあ……ッ」

ついにその何かがはじけ飛び、アンネリーゼは背をしならせた。見開いた目には何も映っていない。

真っ白だった視界に蠟燭《ろうそく》に照らされる仄昏《ほのぐら》い寝室の光景が戻ってきて、シグルトが心配そうに見つめていることにやっと気付いた。

「大丈夫ですか？」

「ん……」

ぼんやりと頷く。なんだかひどく気だるい気分だ。

(今のは……何……?)

一瞬気を失っていたようにも思う。とまどっていると彼の指がそっと蜜口に触れ、アンネリーゼはびくりと肩をすくめた。

「……ぴくぴくしてる。気持ちよかった……ですよね?」

気遣わしげに問われ、初めてアンネリーゼはあの感覚が快感だったのだと思い至った。

そう、あの感覚を言葉にするなら、気持ちいいとしか言いようがない。

「どうですか?」

優しく花芯を撫でられ、頤《あご》を鎖骨に埋め込むように深くうつむく。堪えきれず熱い吐息が洩れた。

くちゅ、と淫らな水音がして、隘路《あいろ》に指が滑り込んだ。固い関節で繊細な襞《ひだ》を擦られる感覚に、ぞくぞくと総毛立ちそうになる。

「どうなんです?」

そのかすような囁きに、潤んだ瞳を瞬く。

「いぃ……わ……」

漸《ようよ》う答えると、とば口で止まっていた指が一気にずぷりと挿し貫いた。

「付け根まで入りました。ほら」

ぐっと押しつけた指を、ゆっくりと引き抜く。ぬらぬらとぬめりをまとった指にアンネリーゼは赤面した。自分のこぼした蜜が、はしたなくも彼の指を汚している。

シグルトは胸の頂を舌先で舐めながら指を前後させた。最初はゆっくりだったが、アンネリーゼが痛がっていないことを確かめると次第に指の動きは速まった。

それに連れて掻きだされた蜜が泡立ち、彼の指にねっとりとまとわりつく。

恥ずかしくてたまらないのに昂奮をも掻き立てられ、アンネリーゼは頼りない嬌声《きょうせい》を上げて腰を揺らした。

指の抽挿に合わせて腰を振っているうちに、ふたたびあの感覚が頭をもたげる。それが快感だとわかった今、恐れることは何もない。

ずぷずぷと指で穿《うが》たれながらアンネリーゼは絶頂に達した。

痺れるような恍惚《こうこつ》に浸っていると、深く挿入された指がずるりと抜け出てゆき、代わってもっと太く丸みをおびたものが蜜口に押し当てられた。

それは探りを入れるように何度か濡れ溝《みぞ》を前後し、敏感な花芽を優しく小突き上げた。

腰を摑んで持ち上げられ、膝に乗られせる。

つぷん、と先端が花襞のあわいにもぐり込む。快感の余韻で朦朧《もうろう》としていたアンネリーゼは、次の瞬間、思いがけない痛みに悲鳴を上げた。

「い……ッ⁉」

反射的に抗《あらが》う身体を押さえつけ、ぐっと腰を押し進めた彼は、はぁっと熱い吐息を洩らすと呟いた。

「全部挿入《はい》った」

歯を食いしばっていたアンネリーゼは、小刻みな呼吸を繰り返しながらこわばった身体からなんとか力を抜こうとした。

視線を下げると、お互いの下腹部が隙間なく密着していた。そしてアンネリーゼの胎内は、何か長くて太く、ぎちぎちに張りつめたものでふさがれている。

（繋がるって、こういうこと――）

ようやく腑に落ちた。

男性の裸体をじっくり見たことなどないけれど、男女で違っていることは知っている。生まれたばかりの異母弟が産湯に浸《つ》かるのも見学した。当然ながら赤ん坊と大人では全然違っていた。まったく別物というくらいに違う。

ぼーっとしていると、シグルトが不安そうに尋ねた。

「大丈夫ですか？　痛かったですよね、申し訳ない……」

「だ、大丈夫」

気を取り直して頷いたアンネリーゼは、結合部をちらっと見て頬を染めた。

確かにものすごく痛かったし、今でもズキズキしている。だが、彼と夫婦の契りを結べた喜びのほうが、痛みよりも遥かに大きかった。

「大丈夫よ」

繰り返し、アンネリーゼは彼に微笑みかけた。ホッと表情をゆるめた彼とくちづけを交わすうち、次第にその存在がなじみ始める。

太棹をねじ込まれた蜜口は未だ引き攣っていたが、しばらくするとぼんやりと痺れたようになって痛みがやわらいだ。

「……少し動いても?」

遠慮がちな囁きに頷くとシグルトはゆっくりと腰を前後させ始めた。アンネリーゼの反応を慎重に確かめながら、少しずつ動きを大きくしていく。

「痛かったら言ってくださいね」

微笑んで頷いた。疼痛は続いていたが、耐えられないほどではない。それに、途中でやめてほしくはなかった。彼の妻になったことを最後まで実感したい。

彼の吐息が荒ぶり、抽挿の勢いが増す。突き上げられるたび、痛みまじりの快感に襲われてアンネリーゼは喘いだ。

目の前がチカチカした。指とは太さも長さも比べ物にならない熱杭が、拓かれたばかり

の隘路をずんずん穿っている。眉根を寄せ、一心不乱に腰を打ちつけるシグルトの表情がなんとも官能的で、ますます昂奮が高まった。

彼は荒々しい吐息をつくとアンネリーゼの腰を抱え直し、さらに勢いよく屹立《きつりつ》を前後させた。長大な一物で最奥部を擦られるとぞくぞくするような快感が込み上げた。

「あ、あ、すご……ぃ、奥処《おく》っ……」

指では絶対に届かない内奥を、猛々しい剛直が繰り返し突き上げた。

アンネリーゼは逞しい肩にしがみつき、無我夢中で腰を振った。

彼が低く唸《うな》り、抉《えぐ》るように雄茎を突き立てる。

どっと熱いものがあふれ、蜜壺に注ぎ込まれた。彼が腰を押しつけるたびに熱液が噴き出し、蜜襞をしとどに濡らした。

欲望を放ち終えると、彼は深々と溜め息をついてアンネリーゼを抱きしめた。

しばし折り重なって荒い呼吸を繰り返す。

やがてシグルトが身を起こし、絶頂の余韻《えいん》に浸る隘路から肉棹を引き抜いた。張り出したえらで掻きだされた白濁が、とろとろと会陰を伝い落ちる。

「ん……」

こぼすまいと慌てて腿を閉じると、シグルトがなだめるように唇にキスした。

「大丈夫、いっぱい出したから」

頬を染めて頷く。熱いしぶきを受け止めた感覚が蘇《よみがえ》り、それだけでまた恍惚となって密やかに花弁がわなないた。

傍らに横たわった彼に抱き寄せられ、アンネリーゼは逞しい胸板に顔を埋めてうっとりと溜め息をついた。

まさか、この結婚がこれほどの幸福感をもたらしてくれるとは思いもしなかった。

（夢みたい……）

優しく背を撫でられる感触がずっと続くことを願いながら、アンネリーゼは満たされた眠りに沈んでいった。

第三章　甘甘新婚生活が始まりました。

「ん……」

無意識に目をこすり、ふわぁとあくび。

（なんだかすごくいい夢を見た気がするわ）

枕に頭を埋め、もうひと眠り……とうとし始めたところで、ハッとアンネリーゼは目を見開いた。視界いっぱいに見知らぬ男性の笑顔がある。

いや、知らなくはない。というか、もちろん知っていた。

昨日彼と結婚したのだから……！

愛おしげにアンネリーゼを見つめていたシグルトが、それはそれは幸せそうににっこりした。

「おはようございます」

「お、おはよう、ございます……。え、と……。朝……ですね」

「はい」

「そろそろ起きないと、いけませんよね……？」

「今日は休みなので、風呂の支度が整うまで寝てていいですよ」

「お風呂？」

「湯浴みをなさりたいかと」

「そ……ですね……」

アンネリーゼは顔を赤くして口ごもった。ちょうどそこへ扉をノックする音が聞こえ、メイドらしき女性の声がした。

「旦那様。湯殿が整いました」

「ありがとう」

身を起こしたシグルトが寝台の帳《とばり》を無造作にめくる。反射的にシーツを顎まで引き上げたが、室内に他の人の気配はない。

彼は裸体のまま寝台を出、どこかのドアを開けるとすぐに戻ってきた。いきなりシーツを引き剝《は》がされ、うろたえているうちに抱き上げられてしまう。

連れて行かれたのは隣室だった。そこは格子状に木製パネルを嵌め込んだ小部屋で、一段低くなった長方形のくぼみに楕円形《だえんけい》の浴槽が置かれていた。

美しい図柄で縁取りされた琺瑯《ほうろう》の浴槽には三分の二ほど湯が張られており、足し湯用の熱い湯を入れた壺がふたつ置かれている。

換気のために窓が大きく取られているので室内は明るい。主寝室は二階で、窓からは木々の梢《こずえ》と青空が見えた。

そっと湯船に下ろされる。ほどよい湯加減のお湯に思わず溜め息が洩れた。

シグルトが入ってきて座るとお湯があふれ、タイル張りの床から床下に設置された配管へと流れ込んでいった。

背後から抱き寄せられ、厚い胸板におずおずともたれかかる。

「熱くない？」

「ええ、ちょうどいいです」

シグルトはアンネリーゼの肩に湯をかけては、そっとさすりながら呟いた。

「……夢だったらどうしようかと思った。目が覚めて、あなたが消えていたら、と」

同じようなことを彼も考えていたのかと、嬉しくも照れくさい気分になる。

「消えたりしないわ。消えてほしいと言われない限り」

「言うわけないじゃないですか、そんなこと！」

血相を変えられてたじろぐ。

「ご、ごめんなさい。冗談よ」

彼は顔を赤らめた。

「すみません。なんというか、その……まだ実感がわかなくて」

「それは、わたしだって」

顔を見合わせ、どちらからともなく噴き出した。

「ゆっくりでいいですよね」

「ゆっくりがいいわ」

ふふっと笑って背を預ける。優しく乳房を包まれ、心地よさに吐息をついて目を閉じた。

やわやわと捏《こ》ね回され、摘んで紙縒られた乳首がきゅっと凝る。

彼の手が腹部を撫で、揺らぐ茂みをかいくぐって媚蕾に触れた。指先で根元からくにくにと刺激され、ぞくんと刺激が走る。にじんだ蜜のぬめりを借りて指が滑り込んだ。

「ぁ……ん」

思わず声を洩らすと、蒸気で濡れたこめかみにそっとくちづけられた。第二関節まで沈んだ指が花襞を掻き分け、奥処を探る。

アンネリーゼは無意識のうちに浴槽のふちを握りしめ、彼が指を動かしやすいように腰を浮かせた。はしたないと思いつつ、腰が揺れてしまうのを止められない。

やがて下腹部がよじれるようにきゅうきゅう疼き、アンネリーゼは絶頂に達した。

わななく花弁が彼の指に絡みつき、締めつける。湯気で重く湿った睫毛を瞬くと、涙のように雫《しずく》がこぼれた。

「んッ……」

未だ痙攣《けいれん》の収まらない蜜壺から指を抜き取られ、その刺激でぶるりと震える。

シグルトはアンネリーゼの腰を摑んで引き寄せた。ひくつく蜜口に屹立の先端が押し当てられたかと思うと、次の瞬間ずっぷりと貫かれていた。

「ひぁあっ……！」

目を瞠り、身体をこわばらせる。一息に奥処まで挿入される衝撃で気が遠くなりかけた。

彼の膝にぺったりと座り込み、隙間なく繫がっている。

シグルトは両の乳房をぐにぐにと揉みしだきながらアンネリーゼにくちづけた。

「んッ、んん……っ」

舌を絡めて吸われ、息苦しさに生理的な涙が浮かぶ。

「んふ……っ、んん、んぅっ」

必死で息を継ぎながら、むさぼるようなくちづけに応えた。密着した腰を突き上げられてパシャパシャと湯が跳ねる。

舌を擦り合わせ、吸いねぶられながら乳房を捏ね回され、さらに容赦なく抽挿《ちゅうそう》されてアンネリーゼは惑乱《わくらん》した。

昨夜初体験を済ませたばかりで性感帯を同時に責められては、わけがわからなくなる。

抽挿を重ねるにつれシグルトの雄茎はさらに怒張し、不慣れな花筒をいっぱいに塞いだ。

浴槽のふちに摑まって身体を支えるのが精一杯で、抽挿のたびに目の前で火花が散る。

シグルトは背中からのしかかるようにして激しく腰を打ちつけた。耳元で聞こえる荒々しい吐息に昂奮を掻き立てられ、恍惚とアンネリーゼは腰を振りたくった。

やがて彼が低く唸って吐精した。より深い場所に注ごうとするかのように腹部に手を回して腰を叩きつける。

アンネリーゼは絶頂の極みで放心した。頭の中が真っ白な霧に包まれたようになり、手足の先まで快感で痺れている。

シグルトがホッと吐息を洩らし、固く抱きしめていた腕の力をゆるめた。結合が解かれると、ぽかりと虚が空いたような感覚に溜め息をつく。

未だひくひくとわななく下腹部を無意識に探りそうになり、赤面して指を握り込む。

シグルトがそっと花芯の付け根を撫で、アンネリーゼは慌てて彼の手首を摑んだ。

「あ、あの、もう……っ」

「すみません。きれいにするつもりが、また汚してしまった」

「汚すなんて……」

彼は慎重な手つきで秘処をこすり、蜜口の残滓《ざんし》を掻きだした。アンネリーゼは真っ赤になって目をぎゅっと閉じ、ひたすら身を縮めていた。

浴槽を出ると大判のリネンで包まれ、身体や髪をていねいに拭かれた。自分ですると言っても彼は聞かなかった。アンネリーゼの世話をするのが嬉しくてたまらないようだ。

湯浴みを済ませると、それぞれの私室で着替えをした。主寝室は浴室だけでなく夫婦それぞれの続き部屋にも繋がっている。

アンネリーゼには昼間を過ごす婦人部屋《ブドワール》と更衣室、一人用の寝室の他にいくつかの小部屋も用意されており、そのうちひとつをヤスミンの居室とした。

ヤスミンは数名のメイドたちとともに婦人部屋で主が来るのを待ち構えていた。

「うまく行ってよかったですね！」

「そ、そうね……」

上機嫌に言われて顔を赤らめる。風呂でのぼせたのか、さっきからずっと頬が火照ったままだ。お風呂で致したことまで把握《はあく》されてはいないと思うが、それにしたって気恥ずかしい。

奥方付きとなった屋敷のメイドたちは、ヤスミンの指示で衣服や装飾品を出したりしまったりしている。

嫁入りにあたってヘルミーネ王妃はたくさんの衣服や宝石を持たせてくれた。もう少し時間があれば、もっと色々と揃えてあげられたのに……と溜め息をついていたが、充分すぎるくらいだ。

継子《ままこ》、それも我欲のために相思相愛の仲を引き裂いた女が産んだ娘であるにもかかわらず、ヘルミーネは初対面からずっとアンネリーゼに優しかった。

彼女のような寛容で心優しい女性になりたい。と願いつつ、どうせ無理だと諦めていた。

でも……と、鏡を覗き込んでふと考える。

今までずっと、実母に酷似《こくじ》した自分の顔が嫌いだった。この顔のせいで、本当は気弱なのに、真逆の性格だと思われてしまう。

どんなに嫌いでも顔は変えられない。だからもう顔のせいで誤解されるのはどうしようもないのだと諦めきっていた。

だが、シグルトは違った。幼い日の出会いでアンネリーゼが実は内気で怖がりであることを見抜き、その後にどんな悪評を聞いても最初の印象を変えなかった。

信じてくれていたのだ。何よりもそれが嬉しい。

彼はアンネリーゼをまっすぐに見つめる。その目にあるのは純粋な愛と賛美、そして憧憬だ。

買いかぶりすぎだと正直かなり気恥ずかしかったりもするのだが、自分をまるごと肯定してくれる彼と出会い、初めて自信めいた感覚が生まれた気もする。

まだ小さな芽にすぎないそれを、大切に育てていきたい。

「……ねぇ、ヤスミン。わたし、王妃様のようになれるかしら？」

「それはどうでしょうねぇ」

「え」

ショックを受けて見返すと、侍女はしかつめらしく腰に片手を当て、人指し指を振り立てた。

「わたしは、姫様は姫様のままでいいと思ってます。いいえ、そのままがいいです。姫様は充分素敵なんですから、誰かのようになんてならなくていいんです。そりゃ、確かに王妃様は素晴らしいお方ですよ？　でも真似なんかするより、姫様らしくあってほしいなぁとわたしは思います。まっ、向上心はいつだって大切ですけどねっ」

啞然としていたアンネリーゼは、ぷっと噴き出した。

「ヤスミンって本当に正直よねぇ」

「お世辞が言えない損な性分なんですよ」

「そういうところが大好きよ」

「わたしも姫様が大好きです。――さぁ、どのドレスになさいますか？　何をお召しになっても旦那様は目尻を下げまくりだと思いますけど」

ふたりの遣《や》り取《と》りに目を丸くしていたメイドたちが、慌てていくつかのドレスを広げる。

優雅な垂れ袖のついた薄緑のドレスを選び、髪はふんわりと結い上げてみた。

ヤスミンとメイドたちを従えて階下へ下りると、控えていた執事がうやうやしく案内に立った。

広々とした食堂には大きな暖炉の前に長テーブルが置かれており、その角に座っていたシグルトが即座に立ち上がる。

歩み寄っていくと彼は驚嘆《きょうたん》に目をうるうるさせてアンネリーゼを見つめた。

「なんて美しいんだ……！」

感激もあらわに絶賛されて、どぎまぎしてしまう。美貌を讃《たた》えられることにはまったく慣れていないのだ。いつも性格や素行を貶《けな》されるのとセットになっていて、『美人』の語は入っていても結果的には罵られている。

なんの含みもなく絶賛されたのはシグルトが初めてだ。

「あ、ありがとうございます……」

困惑に眉根が寄り、ヤスミンに肘で突つかれてハッとなる。シグルトはまったく気にした様子もなく、いそいそと椅子を引いた。

腰を下ろすとヤスミンとメイドたちは一礼して壁際に控えた。給仕が食事を運んでくる。オーツ麦のミルク粥《がゆ》、卵料理にベーコン、新鮮な野菜と果物。

「嫌いなものや苦手なものがあれば言ってください」

「特には……。シグルト様は？」

「俺も特にありません。食べられるものならなんでも食べます。それと、『様』は要りません」

「はぁ。……あの、そろそろ敬語はやめていただきたいのですが」

「そうはいきません。王女殿下に対して失礼な口をきくなど言語道断」

「殿下もやめてください」

「いいや、殿下は殿下です。降嫁されても王族でなくなったわけではありませんから」

「それはそうですけど……他人行儀じゃありません？　夫婦なのに」

夫婦と口にすると昨夜と今朝のことが思い浮かんで顔が赤らんでしまう。するとシグルトもつられたように頬を染めて咳払いした。

「では……姫」

「あの、できれば名前で」

彼は急に声が出なくなったように口をぱくぱくさせ、葛藤の表情で漸《ようよ》う絞り出した。

「――――アンネリーゼ」

「はい」

「アンネ……リーゼ……」

「はい。――シグルト」

彼はさらに口の中で何度か繰り返し、にっこりした。

「素敵な名前です」

「敬語」

「あ。素敵な、名前……だ」

「ありがとうございます」

「敬語」

「あ。ありが、とう……」

ふたりは顔を見合せ、照れ笑いした。

「ゆっくりで、いいかな？」

「ゆっくりが、いいわ」

ふふっと笑いあって、食事を再開する。

「すごく美味《おい》しい」

「それはよかった」

にっこりとシグルトが笑う。

好きな人と一緒の食事がこんなにも美味しいことを知り、アンネリーゼはお腹《なか》以上に胸があたたかいもので一杯になった。


それから三日間、アンネリーゼはシグルトと寄り添って過ごした。彼は結婚にあたって休暇を取ったのだが、連続して三日休むのは初めてだという。

初日は少々身体がつらかったこともあって、居間でゆったりしながら色々な話をした。

彼の生い立ちについても初めて詳しく聞くことができた。

「俺は、どこからか竜に運ばれてきたらしい」

「運ばれてきた……？」

彼は首から下げていた小さな革袋をシャツの下から取り出し、中に入っていた黒っぽい石をアンネリーゼの掌に載せた。

「これって……竜鱗石《ドラゴナイト》ね！」

直径は十センチほど。上から見れば丸みをおびた菱形《ひしがた》だが、横からだと三角形に見える。竜の額の部分にある特別な鱗で、通常の鱗と違って立体的だ。非常に固く、竜の爪か尻尾の先端でなければ研ぐこともできない。

当然、たいへん貴重なもので、王家ですら十個も持ってはいないだろう。それらは儀式用の王冠と王笏《しゃく》、そして王権を表す剣と盾に嵌め込まれている。

「これは、俺を運んできた竜が死んで残ったものなんだ」

その竜は、王国南西部の鄙《ひな》びた農村の川のほとりに倒れているのを近くに住む農夫によって発見された。まるで炭のように全身が真っ黒だったという。

「身体に傷はなかった。なのにどういうわけか死んでしまった」

「病気だったとか……？」

「病気というより、瘴気にやられたんじゃないかと思う。たぶん、あの竜は〈魔の森《ヘレンヴァルト》〉を越えてきたんだ」

アンネリーゼはハッとした。

ヴィルトローゼでは珍しい黒髪のシグルト。もしかして彼は――。

シグルトは竜鱗石《ドラゴナイト》を摘まんで光に透かした。

「こうして見るとわかりやすいが、本当は黒じゃない」

「……赤なのね！」

非常に濃くて昏い赤、黒に近い深紅なのだ。

「その竜は、農夫が赤ん坊の俺を抱き上げると同時にこと切れた。その身体は砂のように崩れ、透明になって空気に溶けてしまい……残ったのはこの竜鱗石《ドラゴナイト》と鞍の残骸だけだ」

農夫が赤子を家に連れ帰ると、子どもに恵まれなかった妻は喜んだ。夫妻は赤子を自分たちの子として育てることにした。

シグルトという名は近くの森に住んでいた隠者がつけてくれた。古い伝説に登場する英雄の名前だそうだ。

彼は養父母を実の両親と信じて疑わなかったが、九歳のときにふたりが相次いで病に倒れ、養父がいまわの際に教えてくれた。

「この石を渡され、自分が拾われたことを知った。売れば大金になるだろうに、身元の手がかりになるかもしれないと取っておいてくれたんだ」

ふと気になってアンネリーゼは遠慮がちに尋ねた。

「その竜が本当に〈魔の森《ヘレンヴァルト》〉を越えてきて、瘴気に冒されていたのだとしたら……竜鱗石《ドラゴナイト》も危険だったりしない……？」

「俺もそれは考えたが、今まで特に悪いことは起きなかった。養父母が病気で亡くなったのは、石とは関係ないと思う。もし不吉なら、これをずっと持っていた俺が竜騎士団長になるなんてありえないだろう？」

「確かにそうね。むしろ幸運のお守りかも」

「……そうだな。おかげできみと出会えた」

頬にキスされて照れる。

「もう一度見てもいい？」

竜鱗石《ドラゴナイト》を受け取り、光に透かしてじっくり眺める。

「綺麗だわ。黒の中に赤が渦巻いて……夜明け前の空みたい」

何気なく掌に包み込んで、アンネリーゼは目を瞠った。

「どうした？」

「なんだか石が脈打ったみたいに感じたんだけど……気のせいね」

「これがもし卵――竜の化身みたいなものだったら、ありえるかもしれないな。あの竜が蘇れば俺がどこから来たのか教えてくれるかも」

革袋にしまいながら笑うシグルトに思い切って言ってみる。

「ねえ。もしかしてあなたはバルムンク帝国の人なんじゃ……？」

「その可能性はある。帝国人には黒髪が多いそうだし」

彼は自分の髪を摘まみ、じっと見つめたかと思うと手を離した。

「どっちにしても今は確かめようがない。〈魔の森《ヘレンヴァルト》〉を通れるようにならない限り、帝国と行き来できないからね。竜騎士になって、お姫様と結婚もしたことだし、ずっとヴィルトローゼにいるつもりだよ」

微笑んで肩を抱かれ、アンネリーゼは彼にもたれかかった。

一緒にいたい。たとえそれがどこであっても。

「――〈魔の森《ヘレンヴァルト》〉の巡視に行くとき、わたしも一緒に行ってはだめ……？」

面食らったようにシグルトが眉根を寄せる。

「だめってことはないが……監視用に築いた城砦は居心地がいいとは言えないぞ？」

「かまわないわ。別に物見遊山《ものみゆさん》のつもりじゃないの」

シグルトは少し考えてから頷いた。

「わかった。騎士団の連中に相談してみる」

遠目からでも〈魔の森《ヘレンヴァルト》〉を見てみたい。

今まではただ恐ろしいだけの場所だったのに、そこを赤子のシグルトを乗せた竜が越えてきたのかもしれないと思うと、アンネリーゼは〈魔の森《ヘレンヴァルト》〉とその向こうにあるバルムンク帝国への興味を俄然《がぜん》掻き立てられたのだった。

翌日は主な使用人から挨拶を受けた後、執事の説明を聞きながら屋敷を案内してもらった。

王立騎士団の団長は官舎として屋敷をまるごとひとつ与えられるが、シグルトは団長になってやっと二か月。仕事の引き継ぎで忙しく、屋敷には寝に帰るだけで、ほとんどの時間をこれまでどおり騎士団本部で過ごしていたので、彼にとっても屋敷をじっくり見て回るのは初めてだという。

先代団長のギュンターは独身で、この屋敷には長いあいだ女主人が不在だった。そのため状態はあまりよいとは言えない。

屋敷を預かる執事の権限で必要な修繕は施してあるが、あくまで壊れた箇所を直すだけだ。主人が日常的に使わないエリアは後回しになりがちで、さらには仮住まいということで必要最低限の修理しか行われない。

ギュンターは贅沢《ぜいたく》には無関心で、寝られればどこでもいいというような人物だった。

もちろん隙間風や雨漏りは修理させたが、屋敷を飾ったり居心地よく整えたりといったことにはまったく興味がなかった。

「師匠はほとんど本部に住んでたみたいなものだったからな」

廊下の壁板が大きくひび割れた箇所を眺め、ぼそっとシグルトは呟いた。

主寝室や浴室、婦人部屋などは綺麗だったので今まで気付かなかったが、屋敷のあちこちがかなり傷んでいる。

「はい。国家予算を無駄遣いしてはならぬとの仰せで、修繕は必要最低限でした。会議や面談は本部で行われますし……」

なんとなくうらぶれた口調で言って執事が溜め息をつく。

「わかる。よく言えば質実剛健、悪く言えば無頓着な人だった」

「奥方様がいらっしゃれば、奥方同士のお付き合いのためにもう少し見た目に気を遣われたと思うのですが……。ご婦人がたの茶話会《さわ》とか。先々代の頃には舞踏会も開かれたそうですし」

期待するような目で執事に見られてアンネリーゼはうろたえた。

(わたしが茶話会を催《もよお》したって誰も来ないわよ……!?)

招待に応じてくれそうなのは王妃くらいだ。そうなれば王妃目当てで人も集まりそうだが、優しい継母をダシに使うなど申し訳なさすぎてとてもできない。

この屋敷に夫婦で住まうのは実に十年ぶりだという。先々代の団長夫妻は引っ越すに当たって自分たちが購入して飾っていたものだけでなく、屋敷の備品もだいぶ持ち出したらしい。

当時の執事は別人なので詳細は不明だが、勝手な持ち出しに加担したのは間違いない。現在の執事によれば破損して廃棄扱いになった物品が多数あり、その大部分が実は勝手に持っていかれたようなのだ。

話を聞いてシグルトは頷いた。

「リフォームの必要な箇所をすべて挙げてリストを提出してくれ。俺と違って姫は一日中屋敷にいるわけだから、できるだけ快適に過ごしてもらいたい」

「かしこまりました！」

嬉しそうな執事に急いでアンネリーゼは付け加えた。

「費用はわたしが出すわ」

「ここは公邸なんだから修繕費《しゅうぜんひ》は国庫から出るはずだぞ」

「さようでございます」

シグルトの視線を受け、執事が頷く。

「でも、持参金の出所だって国庫でしょ？」

「あれは王家の財産だ。国家予算とは違う。持参金はきみの好きなように使ってほしい」

「だったらここの修繕費に使いたいわ。仮住まいといっても、二、三年というわけじゃないんだし」

騎士団長に明確な定年はなく、病気や怪我《けが》などがない限り五十代の半ばくらいまで務めるのが普通だ。

シグルトはまだ二十二歳だから何事もなければあと三十年はここに住まうことになる。引退後の住まいはすでに受け取っており、別荘として使えるが、王都からかなり距離もあるので当分行くことはないだろう。

だったらこちらの屋敷を整えるのが先決だ。

「持参金がわたし個人の財産なら、そっちを使ったほうが気が楽だわ。非難されるんじゃないかとびくびくしないで済むし……」

思わず本音を洩らすとシグルトはムッとした顔になった。

「公邸の正当な修繕費を請求したのにきみを責めるなんてお門違いだろう。気の回しすぎだよ。何も豪邸に改装するわけじゃない。——とにかくリストを早急に頼む。華美《かび》に飾りたてるつもりはないが、王女殿下も住まう公邸として、きちんと手を入れたい」

ふたりの遣り取りをぽかんと眺めていた執事は、シグルトに言われて慌てて頷いた。

「承知いたしました、旦那様」

屋敷と庭の検分を終え、一休みしようと婦人部屋《ブドワール》に引き上げると、残念そうにシグルトは溜め息をついた。

「できることなら姫君にふさわしく、王宮並みにしてあげたいんだが……」

「ええ⁉　わたし今のままで全然不満なんてないわよ？　本当に全然！」

王宮でもできるだけ質素な暮らしを心がけていた。それはヘルミーネ王妃や父王も同様で、不必要に富を見せびらかすことはむしろ慎むべきとされている。

独立国とはいえ、ヴィルトローゼはもともとバルムンク帝国の廷臣《ていしん》であり、今でも領邦の一部だ。

薔薇と竜のおかげで豊かだが、むやみに財力をひけらかしたりすればいつなんどきどんな難癖《なんくせ》をつけられて攻められるかわからなかった。

現在では帝国との国交が途絶え、交易による収入は見込めない。

農畜産物が豊富で食べものには困らないが、孤立状態では飢饉《ききん》となったときにどこにも助けを求められない。万が一に備えて用心しておかなくてはならないのだ。

ただでさえ結婚したばかりのアンネリーゼは世間の耳目《じもく》を集めている。国のお金で修繕を始めれば、さっそく無駄遣いを始めたぞと悪しざまに罵られそうで怖いのだった。

「本当に、わたしの持参金を使ってもらっていいのだけど……？」

控え目に繰り返すとシグルトは苦笑してかぶりを振った。

「これが私邸なら、ありがたくそうさせていただくよ。しかし、れっきとした公邸を王女の持参金で修繕するというのはどうなんだろう？　もしかしたら、実は国庫が空っぽなのでは……と妙な憶測《おくそく》を招くかもしれない。あるいは王家が国家予算を私的に食いつぶしているとか」

「――それは考えつかなかったわ」

アンネリーゼはびっくりした。確かにちょっと考えすぎだったかもしれない。

「修繕箇所のリストができたら、チェックを頼めるかな」

「わたしが？」

「団長を継いだばかりで色々とやることが山積みでね。家のことを任せられると、正直すごく助かる」

率直に言われ、アンネリーゼは頷いた。

「わかったわ。ちゃんとできるかどうかわからないけど、やってみます」

「大丈夫。きみならうまくやれるよ」

自信満々に言い切られると照れてしまうが、信頼して任せられたことがすごく嬉しかった。


休暇の三日目は竜に乗って湖の対岸へピクニックに出かけた。静かな森が広がり、整備された道はないのでほとんど人は来ない。

上空から良さそうな場所を探し、やわらかな芝草に覆われた涼しい木陰に敷物を広げる。呼ぶまで自由に遊んでていいよとファルハを放し、景色を眺めつつ持参した軽食とワインを楽しんだ。

湖の向こう岸には王都の城壁が広がり、王宮の高い塔の天辺《てっぺん》で王国旗が薫風にひるがえっている。

「……こんなゆったりした気分になったのって初めて」

長閑《のどか》な景色を眺めながらアンネリーゼは呟いた。

さわさわと揺れる梢《こずえ》。音もなく揺れる水面《みなも》。何をするでもなく、ただ景色を眺めているだけで不思議に心が安らぐ。

ひとりだったら寂しすぎてこんな気分も長続きしなかっただろう。でも今は側にシグルトがいる。

優しく微笑む彼と視線が合い、アンネリーゼは頬を染めた。

まさか、自分のことをこんなに優しく見つめてくれる人と結婚できるなんて――。

「わたし……結婚で幸せになれるなんて思ってなかったの。お父様と王妃様の仲むつまじさを見るにつけ、そういうこととは縁がないんだろうなって、諦めてた。わたしは極悪非道な悪女の娘だから」

驚いてシグルトは身を乗り出した。

「何を言うんだ」

「本当のことよ。母は王妃になりたいがために卑劣な手段で父を陥れた。だけどわたしは母が欲した王子じゃなくて……がっかりした母はことあるごとに『役立たず』と罵ったわ。もしも母の思惑どおり王子に生まれていたら、母を失望させない代わりに父を絶望させていたのよね。そして、今よりずっと父に憎まれたはず」

「陛下はきみを憎んでなんかいない。逆だよ。幸せになってほしいと願っておられる」

「まさか」

苦笑してかぶりを振ると、シグルトはますます真剣な顔で頷いた。

「本当だ。はっきりと俺にそう言われた。たとえ顔は母親そっくりでも性格は真逆だと。偏見を持たずに接してほしいと、そう仰《おっしゃ》ったんだよ」

アンネリーゼは呆気にとられてシグルトを見返した。

「そんなことを……?」

「ああ。きみにはなんの罪もないことは陛下もちゃんとわかっておられる。ただ、あまりにも母親に似すぎていて、直視できなかった。きみを憎んでしまうのではと恐れたんだ」

シグルトはアンネリーゼの手をそっと両手で包んだ。

「むしろ陛下は王女として生まれてくれたきみに感謝していると仰った。子どもに罪はないと頭ではわかっていても、王子ならばどうしても疎んじてしまっただろう、と……。だが、マルグレーテが妃でいる間はどうしても優しくできなかった。離婚する頃にはそっけない態度が板についてしまい、接し方がわからなくなってたそうだ」

「……本当に……？」

「ああ。王妃様からも聞いた。陛下は再婚されたとき、どうか娘に優しく接してほしいと今の王妃様に頼み込まれたそうだ」

シグルトはアンネリーゼの手をしっかりと握りしめた。

「陛下は心からきみの幸せを願っておられる。自分ができなかったぶんまで大切にしてほしいと真摯に仰った。もちろん、そんなこと言われなくたって大事にするつもりだったけど、陛下のお言葉で胸が熱くなった。それまで以上に、何がなんでも絶対にきみを幸せにするぞと自分に誓った」

呆然と見開かれたアンネリーゼの瞳から涙がこぼれ、頬を伝う。

「本当に、お父様が、そんなことを……？」

涙を優しく拭いながらシグルトは頷いた。

「誓って本当だよ。……実を言うと娘には話さないでくれと頼まれたんだ。だから、俺から聞いたことは黙っていてほしい」

大真面目な口調にアンネリーゼは噴き出してしまった。

「どうかしら。つい口を滑らせてしまうかも」

「それで仲直りできるならいいけどね」

冗談ぽく言ってシグルトはアンネリーゼを抱きしめた。

「……お父様にお礼を言いたいわ。わたしの結婚相手にあなたを選んでくれて、ありがとうって」

「それは俺も改めて言いたい。王女の降嫁先としてはもっとふさわしい相手がいただろうに、俺を選んでくださった」

「人を見る目はあるんだと思うわ。王妃様は本当にすごく素敵な人だから」

もしかしたら父は、何年も前から誰を娘の結婚相手にすべきか密かに考えていたのかもしれない。

そしてシグルトが長年アンネリーゼに想いを寄せていることに気づき、降嫁を決めたのかも……？

「確かに王妃様は素晴らしい方だが、俺にとってはきみこそが最高の女性だ」

「贔屓《ひいき》の引き倒しね。……でも嬉しい」

微笑んで唇を重ねる。

何度もくちづけを交わすうち、どちらからともなく敷物の上に倒れた。

そっと腰を撫でられると身体の中心がぞくんと疼き、アンネリーゼは顔を赤らめた。

シグルトの瞳に欲望が揺らぐ。きっと自分の目にも淫らなものが浮かんでいるはずだ。

ドレスの裾を捲《まく》り、彼の手が絹のストッキングに包まれたふくらはぎを撫でる。それだけでぞくぞくしてしまい、痛いほど媚蕾が疼いた。

昨日も一昨日も幾度となく愛し合ったけれど、さすがに昼日中から行為に及んだことはない。

しかも辺りに人の気配がないとはいえ、ここは戸外だ。にもかかわらず太腿《ふともも》の内側を撫で上げられると全身がふわりと浮き上がるような快感に抗えなくなる。

下穿《したば》きをずらし、媚肉のあわいに指が直接触れた。すでにそこは芳醇《ほうじゅん》に蜜を湛《たた》え、潤っていた。

「濡れてるね」

彼は囁きながら溝に沿ってゆっくりと指を前後させた。

かき混ぜられるたび、ちゅぷっ、くちゅ、と淫らな水音が上がる。羞恥を上回る悦楽に頭がぼーっとなり、アンネリーゼは腰を揺らしながら喘いだ。

「あ……ん……」

「……我慢できそうにないな」

シグルトが呟いたのは自分のことか、アンネリーゼのことなのか。

きっとどちらもだったのだろう。手早くベルトを解いて下着を引き下ろすと、待ちかねたように張りつめた雄茎が飛び出した。

この数日ですっかりなじんでしまった剛直は早くも天を衝くかのようにそそり立っている。木陰とはいえ充分明るい陽射しの中で、それは驚くほど太く長く見えた。

何度もそれをこの身に受け入れたとはとても信じられない。

今回もそれはなめらかに滑り込んできた。挿入時のわずかな異物感はたちまち消え去り、濡れた隘路をいっぱいに塞がれる充溢感《じゅういつ》に、眩暈《めまい》がするほどの悦《よろこ》びを覚える。

たったの数日で、アンネリーゼの花筒は彼のかたちを覚え込み、それで内奥を満たされることを渇望するようになっていた。

まるでずっと前からの習わしだったかのように、まったく違和感がない。文字どおり一体になることでようやく完全性を取り戻したかのような感覚さえあった。

シグルトは隙間なく己を埋め込むとアンネリーゼを抱え起こし、膝に載せて唇を塞いだ。

腰を突き上げながら容赦なく舌を吸われ、アンネリーゼもまた無我夢中で腰を揺らして彼の唇を貪る。

「ん……ッ、ん、ん……っふ」

下腹部が痙攣し、絶頂が訪れた。頑健な身体にしがみつき、アンネリーゼはびくびくと身体をわななかせた。達したことで少しだけ理性が戻ってくる。

「あ……。誰、か、に――」

「誰もいないよ」

未だ固く締まった淫刀で小刻みに突き上げながらシグルトは含み笑った。

「……しかし、不思議だな」

「なに、が……?」

「自分は性欲が薄いほうだと思ってたのに、何度抱いても満足できない。……ああ、誤解しないで。きみが不満だとか、そういうことじゃないんだよ。むしろ逆だ。いつだって最高に満足して終わってるはずなのに、すぐにまた欲しくなってしまう。……きっと嬉しすぎるんだな。きみと結婚できたことが。だから、何度でも確かめずにはいられない。それに、きみの胎《なか》が……あまりに悦すぎて……。俺はおかしいんだろうか……」

彼は低く呻《うめ》き、さらにがつがつと突き上げた。

「はぁっ、あっ、あんんっ」

激しい快感にアンネリーゼは首をのけぞらせ、がくがくと震えた。風景は目に入らず、ただ視界で無数の光がチカチカと瞬いている。

極太の肉槍が蜜洞を穿つたび快感が噴水のように湧き上がり、手足の指先まで悦楽で痺れた。何も考えられず、ただひたすら愉悦に溺れ続ける。

抽挿が次第に速まり、互いの吐息が切迫していった。アンネリーゼは彼の背に腕を回してしがみつき、淫らに腰をくねらせた。

「……ッ」

ひときわ強く抱きしめられると同時に、熱いものが胎内ではじけた。注がれる欲望を、びくびくと痙攣しながら媚肉が貪欲に呑み込んでゆく。

すべて放ち終えるとシグルトはホッと息をつき、甘やかすように何度も唇を吸った。

しばしふたりは身体を繋げたまま、飽きることなくくちづけを交わしていた。

やがて彼が出て行くと、ぽかりと虚《うろ》が空いたような気分になった。白濁がとろりと滴る感覚に、ひっそりと顔を赤らめる。

(おかしいのはわたしのほうかもしれないわ)

完全に満足しているのに、また彼が欲しくてたまらなくなっている。

ベッドでなら、抱き合ったまま眠ってしまえるけれど、そうはいかないから余計に名残惜しさを感じてしまうのかもしれない。

身繕いを済ませると、シグルトが優しく言った。

「少し休んだら出かけようか」

「もう帰るの?」

「いや、寄り道してから。見せたいものがある」

「見せたいもの?　何?」

しかし彼は悪戯《いたずら》っぽく笑うだけで教えてくれない。

後片付けをするとファルハを呼び戻し、ふたたび空へ舞い上がった。

王都とは反対方向へ進路を取る。

「どこへ行くの？」

「見晴らしのいいところ」

アンネリーゼは眼下に広がる蒼《あお》い湖面を見下ろした。

「竜に乗せてもらうだけで、すごく見晴らしいいけど……」

ハハッと彼は笑った。

「じゃあもっと高いところを飛ぼうか」

手綱を軽く引くとファルハは即座に高度を上げた。湖面がみるみる遠くなる。

アンネリーゼは悲鳴を上げ、シグルトにしがみついた。

「やだっ、怖い！」

「大丈夫、たとえ逆さになっても落ちないから」

アンネリーゼはベルトで鞍にしっかり三点留めされている。だが、シグルトはただ跨がっているだけだ。

「あなたが落っこちたら……」

「心配ない。そうなっても落ちないようにしっかり訓練してる」

湖を越えると深い森林地帯が広がった。その上を、ファルハはすいすいと楽しげに飛んで行く。

時折翼を羽ばたかせるものの、それで飛ぶというより気流を捕まえて自由自在に泳いでいるかのようだ。

「なんて速いのかしら。全力で馬を飛ばしても追いつけそうにないわ」

感心するとシグルトが答えた。

「馬の襲歩《ギャロップ》はせいぜい五分しか続かない。しかも消耗しきってその日はもうおしまいだ。しかし竜は襲歩《ギャロップ》の倍の速さで二時間休みなく飛ぶことができて、三十分も休めば同じだけまた飛べるんだ」

「凄《すご》いのね！　ところで、ずっと不思議に思ってたんだけど……こんな速さで飛んでいるのに顔にあまり風が当たらないの。せいぜい馬の駆歩《かけあし》くらいよ？」

「飛び方に秘訣《ひけつ》がある。野生の竜ではこうはいかない」

なるほど、とアンネリーゼは感心した。

「乗り手の負担をなるべく減らしつつ、できるだけ速度を出して飛べるように訓練するんだが、それが一番難しい。もしも飛竜が全速力を出したらベテランの竜騎士でもしがみついてるのがやっとだろうな」

そんな話をするうちにも眼下では緑の樹冠《じゅかん》が凄い速さで飛び去ってゆく。遥か前方に〈大巌壁〉から延びる稜線《りょうせん》が見え始め、その一角に向かって竜はぐんとカーブを描いた。

「あら……？　建物があるみたい」

とても人が住めるとは思えない切り立った崖の上に山荘のようなものが建っている。

「竜騎士団の保養所……ってところかな」

山林の一角が丸く切り開かれており、そこへファルハはふわりと着地した。

「よし。誰もいないな」

満足そうに呟いて地面に下り立つと、シグルトは手早くベルトを外してアンネリーゼを抱き下ろした。

鞍と荷物の入った鞍嚢《あんのう》を外し、竜の首を軽く叩く。

「あまり遠くへ行くなよ」

ファルハは嬉しそうに一声上げて飛び立った。

「この先は深い峡谷になっていて、いくつも滝が連なっているんだ。竜はそこで水遊びをするのが好きなんだよ」

〈大巌壁〉の氷河から流れ出した急流は麓《ふもと》の村や町を潤しながら流れ下り、やがては王都の湖に達するのだという。

手をつないで山荘に向かう。簡素なログハウスで、屋根は薄く切り出した黒っぽい石葺《いしぶ》きだ。

入り口には大きな閂《かんぬき》がはまっており、シグルトはそれを外して中へ持ち込み、内側の受け金に嵌めた。小さな窓がいくつか並んでいる。

そこは暖炉のある居間で、掃除が行き届いて清潔だった。

「ここに泊まるの？」

「いや、今日は風呂に入るだけ」

「お風呂？」

荷物を置くとシグルトはアンネリーゼの手を引いて建物の奥へ向かった。

L字型のログハウスには先ほどの居間の他に二段ベッドの並ぶ寝室がふたつと簡素な厨《ちゅう》房《ぼう》があった。シグルトはそれらを通り抜け、入り口とは別の扉から外に出てしまう。

木立の中に続く細い道を歩いて行くと、ほんの一分ほどで開けた場所に出た。そこには岩を積み重ねて造られた浴槽があり、あふれた湯が豊富に流れだしている。

「お、お風呂……!?　こんなところに!?」

「すぐ近くで温泉が湧き出てるんだ。打ち身や切り傷によく効いて胃腸にもいい。美肌効果もあるそうだよ」

「美肌！」

俄然、アンネリーゼの目が輝く。

「ここで湯に浸かりながら眺める夕陽《ゆうひ》が最高でね」

そう言われれば、だいぶ傾いた夕陽が真っ正面に見える。

しかも湯船が設置されているのは崖の上だから視界を遮るものは何もない。どこまでも広がる空と大地の絶景を独り占めだ。

「見せたかったものって、これだったのね！」

シグルトは頷いた。

「どう……かな？」

「もちろん素敵よ！　凄いわ」

目をきらめかせて頷くと、シグルトは安堵の笑みを浮かべた。

一旦山荘に引き返して衣服を脱ぎ、湯上がり用の大きなリネンを巻きつけて温泉に引き返す。

出かけるとき彼が大判のリネンを荷物に入れているのを見て、何に使うつもりかと首を傾げたが、このためだったのか。

湯は熱すぎずぬるすぎず、絶妙の湯加減だった。

源泉から引かれた湯が絶え間なく注がれ、あふれた湯は崖下に流れ落ちる。覗き込むとシダ類がわさわさと生い茂っていた。

この温泉は偶然発見されたという。麓から上がる道はなく、途中に垂直の岩場もあるため飛竜でしか来られない。

少しずつ資材を運び込み、騎士たちが手作りで山荘を建てた。団員とその家族は自由に使えるが、気兼ねなく過ごせるように事前届け出制になっている。

シグルトは挙式の日程が決まると速攻で予約したそうだ。

管理人はおらず、使った者が清掃をし、傷んだ箇所を発見したら修理する。大がかりな補修が必要な場合は騎士団に報告する決まりだ。

お湯はほんの少し青みがかった乳白色だが、季節や天候によって変化するという。

やわらかな肌触りの湯に浸かり、浴槽のふちに腕を載せてアンネリーゼはしみじみと吐息をついた。

「綺麗……」

夕陽が空をオレンジ色に染めながらゆっくりと沈んでゆく。

薄紫にたなびく雲。

夕陽に照らされて金色に輝く木立。

それを、あたたかな湯に浸かり、涼しい風に吹かれながらゆったりと眺めていられる。

なんて贅沢な時間なのだろう。

しかもそれを愛する人と一緒に過ごせるなんて——。

湯気だけでなく睫毛が濡れ、目許をぬぐってアンネリーゼはにっこりした。

「ありがとう、シグルト。わたし……すごく幸せよ」

「そう言ってもらえて嬉しいよ」

シグルトは微笑み、アンネリーゼの肩を抱いて唇を重ねた。

じゃれ合うような甘く無邪気なキスを幾度も交わし、逞しい胸板にもたれてうっとり景色を眺めていると、ふと彼が独りごちるように言い出した。

「ここに来るたび、湯に浸かって景色を眺めながらきみに想いを馳せていた」

「えっ？」

「俺の尊い高嶺の花は今頃どうしているんだろうかと」

切なげな溜め息にアンネリーゼは口許を引き攣らせた。どうやっても彼の『高嶺の花』礼賛は治らないらしい。

まだ結婚三日目だから仕方ないかもしれないが、今後を考えるとなんだか不安になってしまう。

そんな妻の危惧には気付かず、シグルトは深い感動のこもった口調で続けた。

「以前は団の仲間たちと来ていたから、賑《にぎ》やかすぎて考え事にふけってもいられなかった。それで、みんなが寝静まった深夜にまたやって来て、星空の下で王都の方向をずっと眺めてた」

彼は夕陽の沈む方向を指さした。

「さすがに遠すぎて見えないが、このずっと先に王都がある。もしかしたら、姫君も同じ星空を見上げているかもしれないと思うとなんだか嬉しくて。……馬鹿みたいだな」

照れ交じりに笑うシグルトに強くかぶりを振り、ぎゅっと抱きつく。

「きっとわたしも見上げてたと思う。つらいことや厭なことがあって眠れない夜は、よく星空を見上げたの。きっとこの夜空の下のどこかには、わたしをわかってくれる人がいるはずだって言い聞かせながら……。本当に、そういう人がいてくれた」

「アンネリーゼ……」

「その頃は知らなかったけど、ふたりで同じ星空を見てたんだなって思ったら……ふふっ、嬉しすぎてまた涙が出ちゃった」

急いで掌でお湯を掬《すく》って顔をすすぐと、いきなり力一杯抱きしめられた。

「これからは俺がきみを守る。つらい思いも厭な思いも、けっしてさせない」

逞しい胸に顔を埋めて頷くと、シグルトがそっと唇を重ねた。それは結婚式の誓いにも増して厳かで真摯なくちづけだった。

ふたたび肩を並べて夕陽を眺めた。

見つめ合い、互いの目に浮かぶ愛を確かめれば喜びが込み上げるけれど、美しい景色を寄り添って眺め、感動をわかちあうのもすごく素敵だと実感する。

「綺麗ね」

「綺麗だな」

しっかりと心が結ばれていることを感じた。遥か地平線の彼方に夕陽が溶けてゆく。

空は薄紫から濃紺へと移り変わり、ひとつふたつと星が瞬き始めた。

「星空も眺めてみたいわ。王都よりもずっとたくさんの星が見えるのでしょうね」

「ああ、天の川がはっきり見える。次は泊まりがけで来よう」

魔法のような空の変化を心ゆくまで楽しみ、ふたたび竜に乗って今度は降るような星空の下を飛んだ。

楽しく晩餐《ばんさん》を摂《と》り、とろけるような睦《むつ》み合いを経て、アンネリーゼは幸福感に満ちた眠りに就いた。

† † †

休暇を終えて三日ぶりに本部に顔を出すと、団長執務室に四人の側近が待ち構えていた。

「あれ？　思ったより元気そうじゃないか」

レオンが不思議そうに顎をさする。

「どういう意味だ」

「いやぁ、てっきり精気を吸い取られて半死人みたいになってるものと」

「妖怪《ラミア》と一緒にするなよ、無礼な奴《やつ》だな」

憤然と椅子に腰を下ろすと、従卒のフィリベルトが泣きそうな顔で机越しに身を乗り出した。

「大丈夫ですか⁉　無理しないでくださいねっ」

「何を心配してるのか知らんが、俺はなんともないし、無理もしてない」

「無理してないなんて、無理に言わなくていいんですよっ」

「ややこしいな……。はっきり言っておくが、この三日間はめちゃめちゃ楽しかったぞ」

「そりゃそうですよね～。なんたって長年憧れ続けた高嶺の花を手に入れたんだから」

美青年騎士のディートリヒが冷やかすように言い、寡黙でいかついヘルムートは丸太のような腕を組んでうんうんと頷いた。

「毒花だったらどうするんですかっ。そうでなくても綺麗な花にはトゲがあるって言うでしょう⁉」

「アンネリーゼにはトゲも毒もない。想像どおり、いや、想像を遥かに超えてかわいかった。おまえらにもいずれわかる」

「うわぁ、もう尻に敷かれてやがる～」

「さぞかわいいお尻なんでしょうね」

レオンが頭を抱える一方で、ディートリヒがニコニコと言う。

「もちろんだ」

目を輝かせて頷いたシグルトは、顔を赤らめてごほんと咳払いした。

「おまえらと妻の尻談議をするつもりはない。ともかく俺は姫と結婚できて非常に嬉しいし、ものすごく幸せだから心配は無用だ。なんならファルハに訊いてくれ」

「わざわざ訊くまでもありませんよ。結婚式のときに自分から握手を求めに行きましたからね」

「あんなのッ、団長に恥をかかせまいとしただけですよ――――ッ」

フィリベルトは眉を吊り上げてわめいた。レオンが呆れたように肩をすくめる。

「竜がそんな忖度《そんたく》するかよ。気に入らなくても黙って乗せただろうが、撫でられたがるとは思えん」

「昨日、湖の対岸でピクニックした。ファルハは終始ご機嫌で鼻唄を歌ってたぞ。姫はキレイだから撫でられると嬉しいと何度も言ってた。竜は人間基準の美醜には関心ないだろう？　つまりキレイなのは姫の心ということだ。もちろん顔立ちが美しいことは言うまでもないが」

誇らしげに言い切られ、四人は顔を見合せるとそれぞれに微笑んだり、肩をすくめたり、嘆かわしげな溜め息をついたり、うむと頷いたりした。

「……まぁ、おまえが幸せならいいけどよ」

ばりばりと頭を掻きながらレオンが嘆息すると、フィリベルトが目を剝いた。

「同期でも団長には敬語を使うべきだと何度言ったらわかるんです⁉」

「よせ。レオンに敬語を使われるとムズムズする」

けしし、と妙な笑い方をするレオンを、フィリベルトは歯軋《はぎし》りしながら睨みつけた。

「まぁまぁ、新婚さんを冷やかすのはこれくらいにしときましょうよ。——休暇明け早々で申し訳ないのですが、少々問題が起きまして」

真面目な顔でディートリヒが切り出し、シグルトは表情を引き締めた。

† † †

アンネリーゼは今までになく充実した日々を送っていた。

シグルトが騎士団本部に行っている間、執事が作成したリストを手に屋敷を見て回り、内装だけでなく外回りにも手を入れるべき点がたくさんあることがわかった。

改めて見てみると屋敷は思った以上に古ぼけていた。第一、第二近衛騎士団は本部と公邸が一緒のためどちらも立派な建物であるのに比べると、差は歴然としている。

竜騎士団だけ団長公邸と本部が離れているのには一応理由があった。まず、馬の倍以上の体格をした竜を何十頭も飼っていることから必然的に広い敷地が必要となるため、竜騎士団の本部だけは王都を取り巻く城壁の外にある。

城壁の門は夜間は閉まってしまうので、夜中に何かあったときにすぐ責任者を召しだせるよう、王宮近くに公邸を与えられたのだ。いざとなれば竜はすぐに念話《ねんわ》で呼べる。

もともとは王宮の警備兵のための宿直所で、公邸として建てられたわけではない。そのため一代限りとはいえ辺境伯の爵位を持つ騎士団長の住まいとしてはだいぶ小さめだ。

辺境伯は侯爵と伯爵の中間くらいの地位で、非常時の権限に限れば並みの侯爵よりもずっと大きい。

にもかかわらず竜騎士団長が他の騎士団から一段下に見られているのは、もしかしたら屋敷がボロいせいもあるのかもしれない。

先々代の団長のときにかなりの改装が施されたのだが、先に聞いたとおり引退時にその大部分が持ち去られてしまった。

実は壁の張り替えを行わず、ただタペストリーで覆っただけだったのだ。公費で購入した高価なタペストリーはすべて持ち去られ、今頃は元団長夫妻の居館を飾っていることだろう。

当時の執事がグルになっていたらしく、正確な記録は残っていない。購入したタペストリー類は小火《ぼや》で燃えたことになっている。

「——で、リフォームなんだけど。内部だけでなく、外観も手直ししたほうがいいんじゃないかと思うの」

説明を聞き、シグルトはアンネリーゼに一任すると言った。

「俺には貴族的な美意識というのが、どうもよくわからなくてね。しかし団長の公邸が見すぼらしいせいで他の騎士団から馬鹿にされては同輩たちに申し訳ない。きみのセンスで一目置かれるような住まいにしてもらえるとありがたい」

「センスがあるかどうか自信はないけど……がんばるわ」

微笑んでシグルトはアンネリーゼにキスした。何度もくちづけを交わし、夜が更けるまで繰り返し愛を交わした。

王宮から許可が下りると、さっそく改装に取りかかった。傷んでいた箇所を直し、漆喰《しっくい》を塗り直したり、壁板を嵌め直したりするだけでもだいぶ雰囲気が変わった。

すり切れていた絨毯は取り替え、床を磨き、鉄製シャンデリアの錆《さび》も落とした。黒ずんでいた外壁を磨き、玄関回りの柱や階段の欠けも直した。

竜騎士団の騎士たちが交代で手伝いに来てくれた。なるべく予算を抑えたいとアンネリーゼが考えていることをシグルトから聞き、手伝いを申し出てくれたのだ。

騎士は自分の竜も連れて来た。竜たちはせっせと資材の運搬を手伝ったり、人が高いところに上がるのを助けてくれたりした。

その光景を珍しがって、公邸の前には毎日王都の住民が大勢見物に訪れた。ここが竜騎士団長の公邸であることを初めて知って驚く人も多かった。

手伝いに来てくれた騎士たちに、アンネリーゼは自ら軽食や茶菓を振るまい、もてなした。本当は陰からそっと見守っていたかったのだが、女主人がそんなことでは使用人にも示しがつかない。

責任感から勇気を振り絞って出て行くと、最初はとまどっていた騎士たちもやがて笑顔を見せてくれるようになった。

特に率先して応じてくれたのはシグルトの側近たちだ。彼には副官が三人と秘書的な仕事をする少年従卒がひとりいる。

彼らは交代でやってきて、作業を手伝う傍ら騎士団やシグルトのことを色々と話してくれた。

穏やかで物腰やわらかな美青年のディートリヒは、やや女性的な容姿もあって一番親しみやすい。飄々《ひょうひょう》としたレオンは軽妙な会話や冗談で楽しませてくれた。

ヘルムートは無口な上にシグルトを上回る頑健な偉丈夫で、最初はちょっと怖かったが、いつもさりげなく気遣ってくれる。

ただ、従卒のフィリベルトだけはいつまでもよそよそしかった。まだ修練中だが、同世代の中では飛び抜けて実力があるそうだ。

彼はレオンの姉の息子、つまりは甥《おい》で、すぐ近くに住んでいた。

レオンに連れられて騎士団のイベントに遊びにきた時にシグルトと知り合い、竜を操る巧みさにすっかり魅了されたのだとか……。

フィリベルトは努力を重ねて竜騎士団の入団試験を突破し、見習いとしてシグルトの従卒になれたことを非常に誇らしく感じており、それだけに思い込みが激しく頑固なところがあるという。

なんで俺に憧れなかったかね、とぼやいたレオンは、彼がアンネリーゼに隔意《かくい》を抱く理由についても話してくれた。

シグルトを崇拝する気持ちが強すぎて、彼と対立するものにフィリベルトはことごとく敵意を抱く。

さらに彼がまだ幼い頃、母親がマルグレーテから陰険なイジメを受けて寝込んでしまったことがあり、強烈な反感を抱いている。

当然、その反感は母そっくりなアンネリーゼにも向けられ、シグルトの縁談を知ると猛反発したそうだ。

竜がまったく警戒心を示さないことにも納得がいかない。

手伝いのお礼にアンネリーゼが林檎《りんご》を差し出すと竜は嬉々《きき》として口を開け、食べ終わると大きな顔を上機嫌にすり寄せる。

騎士団の竜は人間に対して好意的ではあるが、初対面の人に自分から触れたりしないし、食べものを受け取ったりもしないのが普通だ。

相棒の騎士がびっくりするほどの懐《なつ》きようで、皆素直に感心したのだが、フィリベルトだけは何か怪しげな詐術を使ったに違いないと主張して譲らなかった。

ここまで来るともう単に意地を張っているだけだろうと呆れられたが、本人は頑として認めない。

竜が懐いてくれるのはもちろん嬉しい。何故なのかはわからないが、騎士たちから『さすが団長の奥方』と感心され、とまどいつつ安堵した。

もしも竜に嫌われていたら竜騎士団長の妻として失格だとさぞ落ち込んだことだろう。

騎士団の協力もあって工事は滞りなく進み、予定よりも早く終わった。予算内にもきっちり収まった。フィリベルトと打ち解けられなかったことは残念だが、これからも機会はあるだろう。

彼は手伝いの礼を言われてもつんけんした態度で『団長のためですから』と吐き捨てた。耳が赤いぞとレオンにからかわれると眉を吊り上げて食ってかかり、余裕でいなされた挙げ句、ひょいと肩に担がれて去っていくのをアンネリーゼは唖然と見送った。

庭も整備され、薔薇を始め様々な花が植えられた。居館の壁にも蔓薔薇《つるばら》を這わせるつもりだ。

玄関前の花壇には竜の彫像が据えられ、扉の上に嵌め込まれた盾型紋章も新調した。飛竜と薔薇があしらわれた王立竜騎士団の紋章だ。

思い切ってアンネリーゼはパーティーを開きたいとシグルトに頼んだ。

格式張ったものではなく、昼間の気軽な集まりだ。手伝ってくれた騎士たちへお礼の気持ちを示すとともに、ご近所への挨拶もしたかった。

誤解されることを怖がって引きこもるのはもうやめよう。

決意のきっかけをくれたのはシグルトの一途な想いだ。世評に踊らされずに信じ続けてくれたことを知って、初めてアンネリーゼの胸に自信が芽吹いた。

竜騎士たちとの交流は、小さなその芽にとって水となり、陽光となった。

彼らはシグルトを心から信頼している。その彼が大切にしているアンネリーゼの人となりを、偏見を排して見てくれたことがとても嬉しい。

竜たちに好かれたことで、自信の芽はさらにまた大きくなった。

シグルトはアンネリーゼが積極的になったことを喜び、パーティー開催を快諾してくれた。

七月上旬、気持ちよく晴れた日の午後にパーティーが催された。竜騎士団の騎士たちの他に、近隣の住民が招待に応じて家族連れでやって来た。

庭にテーブルを出して料理を並べ、居館の一階も開放した。最もおとなしくて人馴《な》れした竜が三頭来ている。竜を間近で見る機会はなかなかないので、大人も子どもも大喜びだ。

それは竜騎士の妻たちも同様だった。

妻子持ちの竜騎士は城壁内に住んでおり、本部まで馬で通っている。緊急時と特別な行事以外は竜を城壁内に入れてはならないことになっているのだ。

今回のパーティーに竜を呼ぶことも王宮に申請して許可を得た。

騎士の妻たちは初めてアンネリーゼと顔を合わせて緊張していた。もちろんアンネリーゼも同様だ。女性たちの間のほうが、悪い噂はより広まっているだろう。

ヤスミンの助けを借りながら手さぐり状態で会話を交わすにつれて、段々と緊張もほぐれてきた。

話をするうちに、アンネリーゼの悪評は主に上位貴族の間に広がっていることがわかってきた。

王女の耳に入る噂話《うわさばなし》は当然ながら王宮に近い人々のものばかりで占められる。今まではそれがアンネリーゼの世界だった。

実はその世界がものすごく狭かったことに気付いて大きな衝撃を受けた。

母のせいで国民全体から嫌われているような気さえしていたが、単なる思い込みだったのか……！

竜騎士は近衛騎士と違って下級貴族や平民出身者も珍しくない。伯爵以上の家柄出身でも家督を継げない次男以下ばかりで、身分にこだわらない者がほとんどだ。

皆、かの悪名高きマルグレーテのことは当然知っていたが、その娘のアンネリーゼについては人前に出ることが極端に少ないこともあってよくわかっていなかった。

竜騎士の妻たちが緊張していたのは単にアンネリーゼがこの国の王女様だからで、要するにそんなに身分の高い人と会うのが初めてだったのである。

アンネリーゼはシグルトと腕を組んで会場内をくまなく巡り、もてなしが行き届いているかどうかを確認した。

行き会う人々が皆笑顔を向けてくれる。これまでのように通りすぎた後に聞こえよがしに噴き出したり、意地悪なクスクス笑いを響かせたりもしない。

王宮の催事では誰もが面と向かっては過剰なほどうやうやしく挨拶をしておきながら、陰では言いたい放題に叩くのが常だった。きらびやかに着飾った人々が笑いさざめくなか、アンネリーゼは孤独で惨めだった。

今は違う。みんな本当の笑顔を向けてくれる。

商工業を営む近隣住民も感じのいい人たちだ。王宮からほど近いと言ってもここは裏手の城壁寄りなので貴族、特に高位貴族は住みたがらない。

「楽しそうだね」

喜ばしげにシグルトが囁き、アンネリーゼはにっこりした。

「こんなに楽しいパーティーは生まれて初めてよ」

「だったらこれから時々開くことにしようか」

「ええ、ぜひ！」

仲むつまじく寄り添うふたりを客たちは微笑ましげに眺めている。

庭では楽器が得意な騎士たちがフィドル（ヴァイオリンに似た楽器）を弾《ひ》き始めた。楽しげな舞踏曲だ。そこにリュートや笛が加わり、興が乗った人々が踊り始める。

「団長も踊りましょうよ」

騎士のひとりに声をかけられると、何故かシグルトはうろたえた。

「いや……俺は遠慮しとく」

「何言ってんですか。ほら、奥方様と一緒に、ね！」

アンネリーゼはそわそわと横目でシグルトを窺った。踊りたい気持ちはある。そういえば、まだ彼と踊ったことがない。王宮の舞踏会は居づらくて楽しめたことがないけれど、ひととおりどんなダンスでも踊れる。

シグルトは渋い顔で逡巡していた。

（ダンスが嫌いなのかしら？）

この曲ならたぶん即興で適当に踊っても大丈夫のはずだけど。

と、そこへのそりとヘルムートが現れ、何やらシグルトに耳打ちした。

彼は頷き、安堵と申し訳なさが混じった顔をアンネリーゼに向けた。

「すまない。ちょっと急ぎの用事ができた。少し外してもいいかな」

「ええ、もちろん」

「悪い」

急ぎ足で立ち去る彼を見送っていると、控えていたヤスミンが歩み寄って囁いた。

「何かあったんでしょうか」

「緊急事態ならこの場で招集がかかるはずだから、違うんじゃない？」

そうですよね、とヤスミンは頷いた。

結局その場で手を叩きながらダンスを眺めているうちに大きな踊りの輪ができて、アンネリーゼはヤスミンとともに踊りに加わった。

大いに盛り上がり、音楽が一段落するとわーっと歓声と拍手が沸き起こる。

アンネリーゼは軽く汗ばんだ額を拭った。

「喉が渇いたわね」

「そうですね、何か飲みましょう」

軽食のテーブルを並べた天幕のほうへ歩きだすと、反対側からやってきたフィリベルトと鉢合わせた。

渋々と会釈する少年騎士をヤスミンが睨みつける。彼女は以前からフィリベルトの態度は無礼だと憤っており、腹にすえかねた様子で口を開くのを慌ててアンネリーゼは遮った。

「あ、あら。シグルトたちと協議中じゃなかったの？」

フィリベルトは眉間にしわを寄せ、よそよそしく頷いた。

「団長のご命令で本部に戻るところです。それよりいいんですか？　団長がお呼びになったはずですけどね」

「えっ？」

「何かご相談があるとか」

「お使いは来てませんよ？」

ヤスミンが不審そうに眉をひそめる。フィリベルトは肩をすくめ、おざなりに会釈した。

「それじゃ、僕は急ぐので」

「ありがとう、フィリベルト。——ちょっと行ってくるわね。ヤスミン、休憩ついでに何か足りないものがないか見てきてくれる？」

「かしこまりました」

「お願い」

小走りに館へ向かうと、玄関の手前でひとりの騎士が近づいてきた。

「奥方様。団長がお呼びです。ご相談したいことがあると」

「ああ、迎えにきてくれたのね！　ありがとう、遅くなってごめんなさい」

急いで応じると騎士は目を瞬き、笑顔でかぶりを振った。短い金髪に茶褐色の瞳をしている。

見覚えのない顔だが、騎士団員すべての顔を把握しているわけではなかったので特に不審も抱かなかった。

館に入ると騎士は開放していないほうの棟へ歩いていく。

「どこへ行くの？　書斎はあっちだけど」

「はい。こちらへお連れするようにと」

なんとなく違和感を覚えながら廊下の角を曲がった瞬間、騎士が無言で向き直る。同時に首に衝撃が走り、視界が暗転して何もわからなくなった。

第四章　お邪魔虫には鉄拳制裁です！

気がつくと、両手両足を縛られて床に転がされていた。

辺りは真っ暗闇で何も見えない。アンネリーゼはしばらく転がったまま目を見開いて固まっていた。冷や汗がどっと噴き出し、激しい動悸《どうき》で眩暈がする。

（だ、大丈夫よ。横になってるんだから倒れる心配はないわ）

我ながら馬鹿なことをと思ったが、まずは落ち着かなければ。

意識して規則的に呼吸を繰り返しているうちに、どうにか鼓動が収まってきた。そろそろと手や足を動かしてみたが特に痛みもない。

（怪我はしてないみたいね）

安堵して、次はどうにかして起き上がろうともがいた。肘を使って上体を起こし、四苦八苦して床に座り込む。足首も縛られているのでけっこう大変だった。

背中に何か固いものが触れ、壁かと思えば丸みがあるので樽《たる》のようだ。どうやらここは倉庫か何からしい。

樽にもたれて溜め息をついた。何が起こったのか懸命に思い出そうとしても、見知らぬ騎士の後について廊下を歩いていたところで記憶は途切れている。

首の付け根が痛んでアンネリーゼは顔をしかめた。記憶は飛んでいるが、殴られたのは確実だ。

（シグルトが呼んでるというのは嘘だった……？）

いや、フィリベルトがそんな嘘をつくはずがない。きっとあの男が咄嗟に偶然を利用したのだ。

（そういえば返答に妙な間があった気がするわ）

だとしても、竜騎士団の制服姿だったのが気になる。ぱっと見た感じ違和感もなく、身のこなしや歩き方も騎士らしかった。

もしもあの男が正規の騎士なのだとしたら、団長の妻を攫《さら》う理由はいったい……？

（やっぱりわたしのことが気に入らない、とか⁉）

アンネリーゼが会話を交わしたことがあるのはシグルトの側近や本部詰めの騎士たちの一部でしかない。

それも自主的に館の補修を手伝ってくれた人ばかりだから、少なくともアンネリーゼを団長の伴侶と認めた人々だけ——ということになる。

パーティーには当直の分隊以外の騎士が来てくれたが、果たしてその全員がアンネリーゼに好意的と言えるだろうか？　悪評を真に受け、団長の妻にふさわしくないと感じている人も相当数いるのでは？

もしかしたら、そういう誰かが思い詰めて極端な行動に出たのかも……！

などと悲観的妄想を暴走させていると、どこからかコッコッと足音が響いてきた。

身体を固くして耳を澄ます。次第に近づいてきた足音が止まり、ガチャガチャと鍵を回す音がした。

ギギィ……と蝶番《ちょうつがい》を軋《きし》ませて扉が開く。光に目を射られアンネリーゼは反射的に顔をそむけた。

「――おや。お目覚めでしたか」

予想外に軽薄そうな声が響き、相手を見定めようと目をすがめる。竜騎士団の制服をまとった男が燭台《しょくだい》を手に立っていた。

男は室内に入ってくると手近な樽に燭台を置いた。

蠟燭に照らし出された室内には大小の樽が乱雑に積み上げられている。そのほとんどがひび割れたり、留め金が錆《さ》びたりして、使われている様子はない。

「あなたは誰。どうしてこんなことをしたの⁉」

「ほほう。さすがはかの悪名高きハゲタカ女の娘、肝が据わっていますなぁ」

懸命に落ち着こうと努めた結果、例によってヤスミンが言うところの『ドスの利いた声』になってしまっただけなのだが、今回は却《かえ》ってよかったかもしれない。

それにしても、『ハゲタカ女の娘』は初めて言われた。いったい母はどれだけの人に憎まれているのか……。

考えただけで悲しくなるが、この世はこんな人間ばかりではない。

アンネリーゼ自身のことを知ろうともせず、『所詮カエルの子はカエル』と嘲笑《あざわら》う人間にいちいち反応して挫けたりしないと決めたのだ。

そうでなければ自分を信頼してくれる人たちに応えられない。ヤスミン、ヘルミーネ王妃。そして、ひたむきに純粋な愛を捧《ささ》げてくれるシグルトに――。

アンネリーゼは昂然《こうぜん》と顔を上げた。

「わたしの問いに答えなさい。あなたは何者で、何故このようなことをしたのですか」

男の顔が憎々しげにゆがみ、大股に歩み寄るとアンネリーゼの顎を摑んだ。

「俺を破滅させておいて、ふざけんなっ……！」

爪が食い込む痛みをこらえ、歯を食いしばって睨みつける。男はたじろぎ、チッと舌打ちして手を離した。

「……ふん。確かにあんたが悪いわけじゃなかったな。だが関係ないとは言わせねぇぞ。俺をここまで追い込んだのは、お姫様、あんたの旦那なんだからよ」

アンネリーゼは啞然とした。

「シグルト？　彼となんの関係があるというの」

「おおありさ。そもそもどこの馬とも知れぬ捨て子の分際で騎士団長だと？　まったく冗談じゃねえ」

フンと鼻を鳴らされ、ムッとしてアンネリーゼは男を睨んだ。

「捨て子じゃなく、単に両親が不明なだけよ。それに彼はシュタイベルト侯爵の猶子で、れっきとした辺境伯――」

「ヘレンヴァルト辺境伯は竜騎士団長の付帯爵位だ！　俺が団長なら俺のものだったんだぞ!?」

目を吊り上げて男はわめいた。アンネリーゼは目を瞬き、慎重に尋ねた。

「……次の団長は自分だと思ってたの？」

男は一呼吸置いてかぶりを振った。

「いいや。無理ってことはわかってたさ。悔しいが、俺は竜に乗れても奴らと話すことはできないんでね。だが、竜と話せる騎士なら奴以外に何人もいる。なのに、たかが侯爵の猶子にすぎない奴がなんで団長なんだ？　奴の副官どものほうが身分的にずっと上じゃないか。あいつらの誰かが新団長になるならまだしも……」

「ずいぶん身分にこだわってるみたいだけど、あなたはどちら様？　お見かけしたことがありませんわね」

シグルトを馬鹿にされて頭に来たアンネリーゼはわざと厭味《いやみ》ったらしく言ってやった。

王女の責務として、出たくなくとも王宮の催事には顔を出している。高位貴族の当主夫妻と跡取りの顔と名前くらい、ちゃんと頭に入っているのだ。

凄い目つきで睨まれたが、負けるものかと踏ん張って睨《にら》み返す。

「俺の親父《おやじ》はロッシュ伯爵だ！」

「あら、ロッシュ伯爵なら存じておりますわ。ご嫡男も」

でもあなたのことは知らないわよと言外に含ませてやる。男は悔しげに小鼻を膨らませた。

人見知りでもアンネリーゼは人の顔を覚えることには強かった。ちゃんと覚えておかないと、無視されただの、わざと間違えただの、どんなひどい曲解を吹聴《ふいちょう》されるかわからないからだ。

覚えておいても、些細《ささい》なことを悪意に取られて陰口を叩かれるのは日常茶飯事だったが。

少なくとも、この男を王宮で見かけたことはない。

王宮の催事には伯爵以上の貴族であれば家族全員が参加できる。貴族同士の交流の場であり、年頃の子女にとっては伴侶を捜す恰好の場でもあるのだから当然だ。

見たところ男は二十代の前半。なのに見たことがないということは——家族から縁を切られている可能性が高い。つまりはこの男、何かろくでもないことをしでかしている。

男は憎悪のこもった目でアンネリーゼを睨《ね》めつけた。

「王女だからってお高く止まりやがって……。本当に母親そっくりだな。マジむかつく」

「母のことをずいぶんとよくご存じのようね」

なんとなく身の危険を感じ、背に冷や汗が浮かぶのを感じながらアンネリーゼは平静を装った。

ここまでがんばったのだ、最後まで折れるわけにはいかない。……最後がどうなるかわからないけど。

「よーく知ってるさ。賭場で何度もお手合わせ願ったからな。あれほど賭け事にバカ強ぇ奴は見たことねぇぜ。こちとらケツの毛まで抜かれて鼻血も出ねぇ」

「あの、意味がわからないいんですけど……」

アンネリーゼは眉をひそめた。なんだかすごい下品なことを言っているようだが、高慢が嵩《こう》じて傲慢独善《ごうまんどくぜん》の域まで達したようなあの母が、そのようなことをするとも思われない。

「全財産毟《むし》り取られたって言ってんだよ！」

「ああ、賭けに負けたのですね」

純粋に納得しただけだったのだが、図星を突かれて男は色をなした。

「ふざけんなっ、このクソアマ――」

怒号と同時にドアが開き、横柄な声がした。

「おい。首尾はどうなった」

入ってきた男の顔を見て、アンネリーゼはぽかんとした。

「ル、ルーカス……？」

かつて側仕えのシグルトに見苦しく当たり散らすのをアンネリーゼが止めた、母の従弟。アンネリーゼからすれば従弟違いに当たる、現ラングヤール侯爵ルーカスだ。

彼は唖然とするアンネリーゼを見て満足げにほくそ笑んだ。

「よし。計画どおりだな。下がっていいぞ」

男は不満そうな顔つきで、それでも言われたとおりに部屋を出た。ルーカスが思い出したように付け加える。

「念のため出入り口を見張ってろ。誰か来たら……わかってるな？」

男は黙って頷き、扉を閉めた。

ルーカスはにやりとして掌をこすり合わせた。

「ま、誰も来るわけないが。――さぁて、姫様。ようやくふたりきりになれたね」

「何言ってるの⁉　どうしてこんなことを……っ」

気を取り直して叫んでも、ルーカスは気にせずにやにやしている。彼は目を細め、猫撫《ねこな》で声《ごえ》で言い始めた。

「もちろん、姫様を救出するためにさ。決まってるじゃないか」

「救出ですって？」

混乱するアンネリーゼにルーカスは大きく頷いた。

「そうだよ。意に沿わない結婚から助け出してあげたんだ。本当は初夜の前に助けてあげたかったんだけど、まぁ仕方ないよね。姫様が処女じゃなくても僕は気にしないよ」

「何を言ってるのよ⁉」

真っ赤になってアンネリーゼは怒鳴った。

「冗談じゃないわ、勘違いもいいとこよ。わたしはシグルトと結婚してよかったと心から思ってるんだからっ」

「は？　結婚してよかっただって？　あんな野良犬と？」

小馬鹿にしたようにルーカスは鼻を鳴らした。彼は以前もシグルトを犬呼ばわりしてアンネリーゼを憤激させたのだが、まるで記憶にないらしい。

「彼が野良犬なら、さしずめあなたは血統書付きのドブネズミね」

嫌悪もあらわに吐き捨てると、ルーカスの顔色が白茶けたようになった。

彼はこめかみに癇筋《かんすじ》を浮かべ、握った拳をぶるぶる震わせた。

「ドブネズミ……⁉　ぼ、僕は侯爵だぞ⁉　ヴィルトローゼでも指折りの名家なんだッ」

「名家の当主が自国の王女を嫁ぎ先から誘拐なんかする？」

「誘拐じゃない！　自分のものを取り戻しただけだ！　姫様の結婚相手は僕なんだ！　ず

っと前からそう決まってた。従姉上《あねうえ》がそう仰ったんだぞ。姫様を僕にくれるって……！」

アンネリーゼは眉をひそめた。

「従姉上って……お母様のこと？」

「そうさ。マルグレーテ姉様だよ。いい子にしたら僕のお嫁さんに姫様をくれるって言った。だから僕はずっといい子にしてた……。なのに姫様は僕の求婚を断った！　国王陛下に訴えてもそんな約束は無効だと相手にされなかった」

そりゃそうでしょ、とアンネリーゼは呆れた。王女の結婚問題に関して決定権があるのは国王なのだし、マルグレーテとはとっくに離婚している。

大体、いい子が意味不明だ。ルーカスは何かとシグルトに八つ当たりし、殴る蹴るの暴力を日常的に振るっていたではないか。

「母が何を言ったか知らないけど、今も昔もあなたと結婚する気はないわ。わたしはもうシグルトと結婚したの。彼との結婚に異存はないし、とても満足しています。悪いけど諦めて」

「そんな……そんなはずはない……っ」

「この縄を解いて、わたしを家に帰してちょうだい。そうしたらシグルトには黙っててあげるから、ね？」

懸命に訴えるも、蒼白《そうはく》になったルーカスは何やらぶつぶつ言いながら首を振るばかりだ。

業を煮やしてアンネリーゼは叫んだ。

「こんな愚行がお父様に知れたらただではすまないわよ！」

ハッとしたようにルーカスが呟く。

「……そうだ。今度こそ陛下も認めてくださるはずだ。姫様が本当に結婚したかったのは僕なんだと……！」

「は？　ちょっと、何言ってるのよ――きゃあっ」

いきなり押し倒され、アンネリーゼは焦った。

「ちょ、やめて、ルーカス！」

「姫様は僕のことが好きなはずだ。そうでなきゃおかしい。姫様をくれると従姉上は言ったんだ。そのとおりにならなきゃおかしいじゃないか」

「おかしいのはあなたよ！　やだっ、放して！」

手足を縛られた恰好ながら必死に抵抗していると、突然、凄《すさ》まじい破壊音が地下室に轟いた。

ぎょっとして振り向いたルーカスは、大きく傾いた扉と戸口に仁王立ちする人影を認めて口をぱくぱくさせた。

「な、なんで……!?　ヴィリーは――」

「ヴィリーは、寝た」

平板な声音で冷たく応じ、シグルトはルーカスの足を払って顔面を床に叩きつけた。

「ふんごっ！」

鼻と口からぼたぼたと血が滴り落ちる。シグルトはギリッと歯噛《はが》みするとルーカスの後頭部を摑んで持ち上げた。慌ててレオンが割り込む。

「待て待て！　それ以上やると死んじまうぞっ」

我に返ってシグルトはパッと手を離した。ルーカスは顔面から床に激突し、へしゃげた悲鳴を上げた。その間、アンネリーゼはシグルトの瞳に釘付《くぎづ》けになっていた。

左目が赤い。

左目だけが、まるで燃えたぎる血潮——いや、溶けた鉄みたいになっている。

右目は元のままだが、刃のように恐ろしく鋭い鋼色だった。

視線に気づいた彼は反射的に目を伏せて立ち上がった。硬直しているアンネリーゼに歩み寄り、ベルトから引き抜いた短剣で手足の縄を切る。

「……怪我は？」

「な、ないわ。大丈夫よ」

低く問われ、気を取り直して頷く。

手を借りて立ち上がると、彼は部下に向かって無表情に言った。

「誰か、姫を屋敷まで送り届けてくれ」

即座に何人かの騎士が進み出る。そのとき倒れ伏していたルーカスがいきなり立ち上がり、雄叫《おたけ》びを上げてしゃにむに突進してきた。顔面血だらけで、前歯が二本欠けている。どこに隠し持っていたのか、彼は細身の短剣を握りしめていた。シグルトは素早くアンネリーゼを背後に庇いながら脚を撥ね上げ、ルーカスに強烈な蹴りを浴びせた。

吹き飛ばされた男は壁際に積まれた樽に激突し、雪崩を打って転がり落ちた樽の下敷きになった。

今度こそ完全に動かなくなったルーカスを冷然と眺め、シグルトはひゅっと息をついた。

唖然としていたアンネリーゼは、彼の左手の甲にひとすじの赤い線が浮かんでいることに気付き、小さな悲鳴を上げた。

「血が出てるっ……」

彼はちらと手の甲を見て眉をひそめた。

「……かすり傷だ。大したことはない」

「貸して」

有無を言わせずアンネリーゼは彼の手にハンカチを巻きつけた。シグルトは呆気にとられた様子でされるままになっている。

ぎゅっとハンカチを縛ると、彼は気を取り直して気まずそうに言った。

「先に帰っててくれ。俺は……後始末がある。説明は、後で」

「……わかったわ」

頷いてアンネリーゼは騎士たちの案内に従った。松明《たいまつ》を掲げた騎士たちに前後を挟まれて狭い階段を上る。

月光が石畳の路上を照らしていた。閉じ込められていたのは地下の倉庫だった。

ガラガラと車輪の音を響かせて走ってきた馬車が急停止して、ヤスミンが飛び出した。

「姫様！　ご無事ですか⁉」

「ええ、大丈夫よ。心配かけてごめんなさい」

「何を仰るんですか！　さ、早く帰りましょう」

大判のショールで肩を包まれ、ヤスミンの手を借りて馬車に乗り込む。馬車が動き出すと急に身体から力が抜け、アンネリーゼはぐったりと座席にもたれかかった。

屋敷に到着するや否や集まってきたメイドたちに取り囲まれ、寝室へ向かう。

身体をあたためたほうがいいとすぐに湯が用意され、ラベンダーを入れた風呂に浸かっているうちにざわざわした気分がようやく静まり始めた。

ゆったりした夜着にショールを羽織り、ミルク粥を少し食べる。

ふと思い出してアンネリーゼは尋ねた。

「お客様たちは……？」

「大丈夫です。少し早めに切り上げてお帰りいただきました。騒ぎには気付かれていません。とにかく気を落ち着けて、ゆっくりなさってください。少しお酒でも召し上がりますか?」

「そうね……。甘口のワインを少しもらおうかしら」

「すぐに用意します!」

ヤスミンが出て行き、アンネリーゼは椅子の背にもたれて溜め息をついた。


シグルトが戻ってきたのは真夜中を過ぎてからだった。

待たずに休むよう言われていたのでベッドに入ったが、眠気は全然さしてこなかった。

シグルトはアンネリーゼが眠っていると思ったのか、静かにベッドの端に腰を下ろした。

小さな溜め息が洩れる。アンネリーゼはそっと身を起こした。

「おかえりなさい」

「――すまない。起こしてしまったね」

「起きてたから」

微笑んで彼の側に身を寄せる。

「怪我は大丈夫?」

シグルトの左手の甲には小さなガーゼが貼られていた。彼は穏やかに微笑んだ。

「かすり傷さ」

「ごめんなさい。わたしをかばったせいよね」

「俺が油断したんだ。きみのせいじゃない」

シグルトは語気を強めたかと思うと急に顔をそむけ、後悔のにじむ口調で呟いた。

「すまない」

「何を謝るの？　もしかして……目のこと？」

「驚かせたよな。怖がらせて悪かった」

「それは……確かに驚いたけど、怖くなんてなかったわ。ただ単に知らなかったからびっくりしただけよ」

しばらく黙り込んでいたシグルトは、ためらいがちに話し始めた。

「感情が昂《たかぶ》ると左目が赤くなることがある。もともとそうだったみたいで……亡くなった養父によれば俺を拾ったとき左目だけ赤かったそうだ。赤ん坊の俺は物凄い大声で泣きわめいてて、それを養父が聞きつけて助けてくれたわけなんだが……」

赤子を拾った農夫は目の色に気付いても、そういう子なのだと特に気にしなかった。だが、ぐずっているのが収まると目は両方とも薄い灰色だった。

それからも泣いたりぐずったりすると左目だけ赤くなったが、成長するにつれて変化することは少なくなっていった。

だが、子ども同士の喧嘩などでカッとなったときに左目が赤くなるのを気味悪がられたので、できるだけ感情的にならないよう努めた。

養父母が亡くなり、働きに出た先で理不尽な目に遭っても黙って耐えた。

「身体が頑丈だったから、こらえていれば必ず向こうが息切れする。……途中で助けが入ったのはあのときが初めてだったな」

笑み交じりに言われてアンネリーゼはとまどった。

「わたしと出会ったとき……?」

「ああ。それまでは誰もが見て見ぬふりをした。使用人は主人の不興を買いたくないし、そうでなくても下手に関わってとばっちりを食いたくない気持ちはわかる。自分まで八つ当たりされたらたまらないもんな。でもきみは果敢に飛び出して止めてくれた」

「無我夢中だっただけよ。よく覚えてないけど……たぶん」

「きみと出会ってから、手をさしのべてくれる人が増えた気がする。誰もが損得抜きというわけではなくても、俺を見込んでくれてのことだ。きみが流れを変えてくれた。きみと出会わなかったらどうなっていただろうかと考えると……怖くなる」

「あなたなら、きっといずれどこかで世に出たはずよ」

「そうは思えない。きみと出会ったからこそ風向きが変わったんだ。俺はそう信じてる」

真剣な目で見つめられ、どぎまぎしてしまう。

「だったらわたしも嬉しいけど……。——と、ところで、ルーカスはどうなったの？」

「病院に搬送した。カッとなって、ついやりすぎてしまった」

「そうでもないと思うわ」

前歯が二本欠けようと同情する気にはなれない。

「わたしを誘拐した人は？　ヴィリーって言ったかしら。ロッシュ伯爵の息子だと言ってたけど、本当？」

「ああ、三男だ。とりあえず営倉にぶち込んだよ。取り調べが済んだら王宮内の獄舎に引き渡す。王族誘拐の共犯となれば、ルーカスともども厳罰はまぬがれないな」

「あの人、本物の竜騎士なの？」

「だった。すでに免職になってる。賭博に嵌まり込んですっからかんになった挙げ句、莫大な借金を抱え、返済のために騎士団が所有する竜鱗石《ドラゴナイト》を盗んで売り飛ばした。譴責《けんせき》や停職処分では到底済まされない」

アンネリーゼは溜め息をついた。

「賭博で母に負けたって聞いたわ。でも母は賭博場から締め出されてるはずなのよ。どういうことかしら」

「今はもう出禁にはなってない。再婚で莫大な遺産を手にしたからか、以前のようなあこぎな勝ち方をしなくなったらしいな。勝ち金の三分の一を賭場に戻す取り決めをした……

とも聞いた。彼女と勝負すると熱くなってのめり込む客が多くて、結果的に胴元は大儲《おおもう》けできるとか。今では逆に看板扱いされてるようだよ」

「それはそれでどうかと思う……」

「不名誉除隊となって、ヴィリーは俺を恨んだだろうな。団長を継いだばかりだったし、これ見よがしに権力を振りかざしたように思えたかもしれない」

「そんなのただの八つ当たりよ。自業自得じゃないの」

アンネリーゼが憤然とすると、シグルトは複雑そうな顔になった。

「あいつも以前はそんなにでたらめな奴じゃなかったんだ。ちょっと甘ったれではあっても、明るくて人好きのする性格だった。賭博も最初は仲間うちで遊ぶくらいだったのに、いつからか泥沼に嵌まって……。良家の出であることを鼻にかけるきらいはあったが、まさかそこまで蔑まれてるとは気付かなかったよ。俺もまだまだ甘いな」

溜め息をつくシグルトを、たまらずにアンネリーゼは抱きしめた。

「それはその人の問題であってあなたとは無関係よ。竜騎士は実力第一なんでしょう？　だったら身分や家柄にこだわって文句を垂れるなんてお門違いも甚だしいわ」

悔しくなってぎゅうぎゅう抱きしめていると、くっくと彼が笑いだした。

「きみはお姫様なのに身分にこだわらないんだな」

「それは……確かに身分の高い人ばかりに囲まれてたけど、お世辞にも素晴らしい人たちとは言えないから」

口ごもるとシグルトはちょっと切なそうに微笑んで、アンネリーゼの背を撫でた。

「身分の高い人のほうが偏見が強い気がするわ。上流貴族ほど母の被害をこうむったからかもしれないけど」

つくづく母が諸悪の根源のように思えて、ますますうらぶれた気分になる。今回の誘拐騒ぎも、結局は母のしでかしたことのとばっちりだ。

「怖い目にあわせて本当にすまない。盗まれた竜鱗石《ドラゴナイト》の売却先がどうにもあやふやで、免職後もヴィリーには監視をつけていたんだ。あのとき奴が騎士団の制服を着て外出したという報告が届いてね。退団時に返却させたはずが、予備を隠し持っていたんだな。尾行をまかれてしまったというので急ぎ対策を話し合っていたんだが……まさか当の公邸に忍び込んでいたとは。奴がルーカスと接触していることも摑んでいたのに」

悔しげに洩らすシグルトの頰を、なだめるようにそっと撫でる。

「いいの、絶対助けに来てくれると信じてたから。期待よりずっと早かったわよ?」

「一秒でも早く助けたかった」

唇をふさがれ、そのままベッドに押し倒された。

舌を絡めながら互いの唇を夢中で吸いあう。

裸身を重ねると、彼は愛おしげなまなざしでアンネリーゼを見つめた。その瞳はどちらも艶《つや》めいた銀灰色《ぎんかい》で、あんなふうに真紅に変じたとはとても信じられない。

シグルトには色々と不思議なことがついて回っている。黒い竜がどこからか運んできた赤子であり、その竜は竜鱗石《ドラゴナイト》を残して死んだ。

その竜鱗石《ドラゴナイト》に、アンネリーゼはほんの一瞬だが脈動を感じた。

一見真っ黒に見えた竜鱗石《ドラゴナイト》は本当は深い赤で――。

「――竜の、色なのかも」

「え？」

面食らうシグルトの頬を両手で挟み、真剣に見つめた。

「あなたを運んできた竜よ。真っ黒だったというけど、本当は赤かったんじゃない？　あの竜鱗石《ドラゴナイト》みたいに、黒く見えて本当は深紅だったのかもしれないわ。あなたの左目が赤くなるのは竜と関係があるんじゃないかしら」

「……考えたことなかったな」

彼は一瞬考え込み、ふいにどさりと横たわってアンネリーゼを抱き寄せた。上に乗っかる恰好になって赤面すると、シグルトは悪戯っぽくニヤリとした。

「それを考えるのは明日にしないか？」

「そ、そうね」

焦って頷くと彼はアンネリーゼを引き寄せ、唇をふさぎながら体勢を入れ換えた。

先ほどよりさらに激しくむさぼるようなくちづけに翻弄され、頭がクラクラする。アンネリーゼは懸命にくちづけに応え、逞しい彼の背を掻き抱《いだ》いた。

がっしりした掌が乳房を包み、優しく捏ね回す。アンネリーゼは熱い吐息を洩らし、背をしならせた。

結婚以来、幾度となく身体を重ねた。ヘルミーネ王妃に言われたとおり、彼との媾合《こうごう》は今では心地よくうっとりするものになっている。

結合の快感を覚えた蜜洞はくちづけだけですでに潤み、蠕動《ぜんどう》を始めていた。

最初の頃は花筒が充分に濡れればすぐに繋がっていたが、近頃は散々焦らされ、指や舌で何度も達《イ》かされてからやっと挿れてもらえる。

いじわると半泣きで詰られ、挿れてほしいと何度もねだられるのが、彼には嬉しくてたまらないらしいのだ。そんな彼をかわいいと思ってしまう自分も大概だが……。

するりと彼の指が挿入ってくる。アンネリーゼの花襞は抵抗なく受け入れ、下腹部が甘だるく痺れた。

「あ……」

ちゅくちゅくと抜き差しされるたび、はしたなく腰が揺れてしまう。

脚をM字に広げ、うっとりと喘ぎながら腰を振っている自分はどんなにかいやらしい顔をしていることだろう。

それをシグルトは熱っぽい目で憑《つ》かれたように見つめる。彼自身がどんどんふくれあがっていき、そうなるとアンネリーゼはさらに性感を掻き立てられていっそう濡れてしまう。

最初は正視できなかった剛直をちらちら見ていると、シグルトは満足そうな顔になって、わざとゆっくり肉棹をしごいて見せたりする。

羞恥と昂奮がないまぜになり、アンネリーゼは泣きそうになって『いじわる』と呟く。

彼を喜ばせるだけだとわかっていても、それが嬉しかった。

彼にもっと喜んでほしい。そうすれば、もっと気持ちよくなれるのだから。

いつのまにか指は二本に増え、蜜壺をぐちゅぐゅと掻き回していた。

濡れ襞を隅々まで探られ、弱い場所をこりこりと軽く引っかかれると、淫らな嬌声が上がってしまうのを止められない。

「あっ、あんっ、んん……ッ、……っん、ん、ひぁっ、あぁん」

声を上げるたびにずっぷずっぷと指が前後して、甘蜜を泡立ててゆく。きゅうきゅうと下腹部が疼き、アンネリーゼは涙目になって腰をくねらせた。

絶頂が訪れ、快感と幸福感と安堵に包まれてひとときの放心する。

「気持ちいい?」

痙攣する襞をゆっくりと撫でながら優しく問われ、アンネリーゼはこくんと頷いた。

「すごく……いいわ……」

嬉しそうな彼の笑みを見ただけで花襞がとくんと疼き、ふたたび軽い絶頂に恍惚となってしまう。

好きな人と睦《むつ》み合うことがこんなにも幸福感をもたらしてくれるなんて、実際に経験するまで想像したこともなかった。

ひくひくとわななき続ける花弁から、ゆっくりと指が抜き出される。名残惜しさにアンネリーゼは溜め息をついた。彼は蜜にまみれた指をぺろりと舐め、目を細めた。

その目が少しだけ赤く見えたのはきっと錯覚のはず。

だって彼は怒っていない。喜んでいる。とても。

アンネリーゼが快感に耽溺《たんでき》する様こそが、彼に愉悦をもたらすのだ。アンネリーゼを悦《よ》がらせることで、彼の官能はいっそう激しく掻き立てられる。

「後ろを向いて」

素直に従い、気だるげにうつ伏せて伸びをする猫のようにお尻を突き出す。朝が来て正気になって思い出せば、きっと顔が火を噴くだろう。

悦楽に支配された今は彼の要求に従うことしか考えられない。

だって、そうすればもっと気持ちよくしてもらえる。もっと彼を気持ちよくしてあげられることがわかっているのだから。

ぺちゃ、と生温かいものが濡れた花芯に触れ、総毛立つような心地よさにアンネリーゼはぶるりと震えた。

震える蜜孔を舌先でこじったかと思うと、媚蕾の付け根を執拗に舐め上げ、滴る蜜をじゅっと吸う。

羞恥に赤面しながらも心地よさには抗えず、もっととねだるようにお尻を振った。

かたちよい彼の鼻先が自分の恥ずかしい場所に埋まっていると思うだけで、達しそうになる。実際、こらえきれず下腹部がびくびくとわななないた。

陶酔でさらに滴った蜜が唾液と混ざり合い、淫靡《いんび》に腿を伝い落ちる。

「ん……」

鼻から抜けるような溜め息をつくと、ひそやかな痙攣を繰り返す花襞に固いものが押し当てられた。

淫涙で濡れた鈴口が、ぬるんと蜜洞にめり込み、勢いのままずるりと滑り込んで奥処にぶち当たる。はぁっと彼が熱い吐息を洩らした。

「……すごいな。こんなにきゅうきゅう締めつけて」

「あ……はぁ……ん」

シーツに頬を押し当て、アンネリーゼはうっとりした。いつにも増して固く怒張した太棹で貫かれ、指先までじんじんと痺れている。

ぴったりと腰を押しつけたまま抉るように突き上げられると、目の前で火花が散った。

ぱしんぱしんと濡れた肌がぶつかる音に否が応にも官能が昂る。

乳房を掴まれ、ぐにぐにと捏ね回しながら抽挿されて、アンネリーゼは泣きむせぶように悶えた。

「ぁふっ、あんっ、んんっ、あっ、あっ」

花筒をいっぱいに塞ぐ剛直が、容赦なくずんずん奥処を穿つ。抽挿のたびに肉槍は太さと固さを増してアンネリーゼを責めたてた。

見開いた目から快楽の涙がこぼれ落ちる。アンネリーゼはひたすら愉悦に溺れて腰を振りたくった。

「あっ、はぁっ、は……っあ、あんっ、んん」

「アンネリーゼ……。凄いよ、もう……達きそうだ」

無我夢中で腰を振り、欲しいとねだる。

「そんなかわいいおねだりをされたら、断れないな」

獰猛《どうもう》に笑ったかと思うと、彼は荒々しく剛直を引き抜いた。アンネリーゼを仰向《あおむ》けにして脚を広げ、ふたたび挿入する。ずぅんと下腹部に重だるい衝撃が走った。

「ひぁあっ……！」

彼はアンネリーゼの腰を摑み、さらなる猛攻を始めた。ぱちゅぱちゅと濡れた音がひっきりなしに上がる。焦点が合わなくなり、視界が白くかすんだ。

シグルトの吐息が乱れ、くっと呻いて腰を叩きつける。熱い奔流が解き放たれ、どぷどぷと蜜壺に注がれた。

何度も腰を押しつけて欲望のすべてを出し切り、彼は満足げな吐息をついた。

アンネリーゼは長く深い絶頂感に酔《よ》い痴《し》れ、満ち足りた心地よさに浸った。

身も心も満たされ、気だるい浮遊感にうっとりしていると、シグルトが己を引き抜いた。その刺激でふたたび恍惚となりながら、名残惜しさをも感じてしまう。

彼はアンネリーゼを抱き寄せ、優しく背中を撫でながら何度も愛の言葉を囁いた。頷いて、応えるうちに、急激な脱力感とともに眠気がさしてくる。

シグルトの怪我をした手にくりかえし唇を押し当てる。やがて意識が薄れ、アンネリーゼは眠りのなかへ沈んでいった。


翌日。シグルトはアンネリーゼにゆっくり休むよう言って仕事に出かけた。

ヤスミンの勧めもあって今日は庭の見える居間でのんびりと過ごすことにする。

怪我もなく、危ういところでシグルトが救助に駆けつけてくれたおかげで貞操の危機もまぬがれた。一夜明ければルーカスの怪我が多少は気になったものの、要するに自業自得なわけで、シグルトのやりすぎだとは全然思わない。

怪我と言えばむしろ、シグルトの手の甲の傷が朝になったら消えていたことのほうがよほど不思議だ。アンネリーゼの指摘で初めて気づいたシグルトは、切り口が浅かったからすぐにくっついたのだろうと言った。

塗り薬の効き目がよかったのかもしれない。なんにせよ、傷痕が残らないでよかった。

しばらくすると執事が来客を告げた。竜騎士団のフィリベルトが来ているという。シグルトの使いで忘れ物でも取りに来たのかと思いきや、応接室で顔を合わせるなりフィリベルトはがばっと頭を下げた。

「申し訳ございませんでした！」

「えっ……？　な、何？　どうしたの……⁉」

彼はぎゅっと拳を握りしめ、ますます平身低頭する。

「僕がついた嘘のせいで奥方様を危険な目に遭わせてしまいました……」

「嘘？　——ああ、シグルトが呼んでるって言ったこと？」

「はい……」

フィリベルトは蚊の鳴くような声で答え、青ざめた唇を噛みしめた。

今朝、シグルトが出かける前に、昨日のことについて簡単な事情聴取を受けた。

フィリベルトからシグルトが呼んでいると聞いたことを話し、そういえば用事はなんだったのかと尋ねると、彼は言葉を濁していた。やはり、彼が呼んでいたというのはでたらめだったのだ。

「……どうしてそんな嘘をついたの？」

「それは、その……」

「ちょっと意地悪してやれって思ったんでしょ？　いいのよ、慣れてる」

肩をすくめると、フィリベルトは面食らった顔になった。

「慣れてる……？」

「宮廷では些細な嫌がらせなんて日常茶飯事だったから。わたしがまごつくのを端《はた》から眺めて面白がるの」

淡々とした口調にフィリベルトの顔が青ざめる。アンネリーゼは静かに微笑した。

「あなたがわたしを嫌ってることは知ってるわ」

「……ちょっとした悪ふざけのつもりだったんです。まさか、こんなことになるなんて」

「シグルトに叱られた？」

「停職を命じられました。今回の件が片づくまで自宅待機せよ、と。……いっそ怒鳴られればよかった。でも団長はそっけなくそう告げると後はもう僕を見ようともせず……」

フィリベルトの嘘は、それだけで済めばせいぜい小言を食らう程度だっただろう。いちいち言いつけるつもりもない。だが偶然にも彼の嘘がヴィリーの企《たくら》みを容易にした。

たとえ騎士団の制服を着ていようと、顔も知らない男が突然呼びに来たらアンネリーゼとて違和感を覚えたはずだ。しかし、その直前にフィリベルトが嘘をついたせいで、本当にシグルトに呼ばれていると思い込んでしまった。

力なくうなだれるフィリベルトを見るにつけ、アンネリーゼはこの少年が気の毒になってきた。悪意がなかったとまでは言えない。意地悪な気持ちがあったのは確かだろう。

しかし、こんな大事になるとは予想もしなかったはず。

気に食わない奴にちょっと恥をかかせてやれ、くらいの、誰にでもある出来心。ふとした瞬間に浮かび上がる、黒い泡。

それが、思いもよらぬ大爆発を起こしてしまった。誰よりショックを受けているのはたぶんフィリベルト本人ではないだろうか。

「わたしを嫌うのはあなたの自由だけど、嘘はもうやめてね」

「はい……」

さらに深くうなだれるフィリベルトを前に、アンネリーゼは考え込んだ。

何か、この少年と仲良くなれる方法はないだろうか。

自分の母が彼の母親を傷つけたことは、娘として非常に申し訳なく思う。しかし、マルグレーテと自分を同一視するのはなんとしてもやめてもらいたい。

顔はそっくりでも性格は全然違うことを、どうにかわかってほしい。

誤解を解くにはどうすれば……？

「――そうだわ。ねぇ、停職中に何かやることとある？」

「はぁ……？　いえ、別に……。自主的に修練を積むつもりでいますが」

訝しげに答えるフィリベルトに、アンネリーゼはにっこりと笑いかけた。

「よかったら、うちで働いてみない？」

「もちろん、僕にできることならなんでもします。でも何を？」

「あなたの得意なことならなんでもいいのよ。たとえば……乗馬に付き添ってもらうとか？　ヤスミンは乗れないの」

「乗馬は得意です」

フィリベルトの顔がパッと明るくなる。

「あと、自分で庭仕事をしてみたいので、手伝ってもらえると助かるわ。花壇を作りたいの。裏には野菜やハーブも植えたいわ」

「庭仕事も得意です！」

「じゃ、決まりね」

「はい！　――あ。でも、いいんでしょうか。自宅待機を命じられたんですが……」

「そうねぇ……」

少し考え、アンネリーゼは笑顔になった。

「だったらうちに住んじゃえばいいのよ。そうすれば自宅待機になるでしょ？」

フィリベルトは唖然とした。夕方帰宅したシグルトも唖然となったが、こらえきれずに噴き出し、笑いながら了解してくれた。

そんなわけで、思いがけずフィリベルトは停職処分が解けるまでアンネリーゼ付きの従《じゅう》僕《ぼく》として竜騎士団長公邸にて働くこととなったのだった。

第五章　騎士団長の意外な弱み

アンネリーゼとシグルトは届けられた招待状を手に困惑していた。シュタイベルト侯爵家で開かれる舞踏会への招待状だ。

「……どうしよう。一度も出たことがないのだが」

シグルトの呟きにアンネリーゼは驚いた。

「一度も⁉　実家でしょ？」

「まぁ、そうなんだが……」

奥歯に物が挟まったような言い方に、アンネリーゼは思い出した。

彼は侯爵家の実子たちとあまり仲がよくない。養父とはいえ侯爵とも親子という感じではないらしい。侯爵はあくまで後援者であり、彼にとってシグルトは家名を高めるための投資先なのだ。

「無理に出なくてもいいわよね」

「きみが行きたいなら付き合うが……」

「別に行きたいわけじゃないけど、あなたの家族にはきちんと挨拶すべきかと思って」

「俺の家族はきみだ」

真剣な口調に嬉しくなる。

「それじゃ、都合が悪くて行けないと返信するわね。わたしから返事をしたほうが、たぶんいいと思うし」

「ああ、そうしてくれ。養父《ちち》には俺から詫びておく」

翌日はシグルトの休養日で、いつもより少し遅めの朝食をのんびり摂った。

市場でもぶらぶらしてみようか、などと話していると、執事が来客を告げた。

こんな朝っぱらから訪ねてくる客に心当たりはない。何か緊急事態でも起こったのではと緊張するうちに、執事を押し退けて若い女性が食堂に入ってきた。

「シグルト兄様！」

顔を輝かせて叫ぶと、彼女は困惑気味に立ち上がったシグルトに勢いよく抱きついた。

アンネリーゼは自分のこめかみがピキッと音を立てるのをはっきりと聞いた。

シグルトは慌てて彼女を引き剝がした。

「な、何しに来たんだ、ヘルガ」

「そんなの決まってるじゃない！　兄様に会いに来たのよ、もちろん！」

うふふと笑ってまたも抱きつこうとする彼女を慌てて避け、シグルトはアンネリーゼの背後に回ってその肩に両手を添えた。

「あー、アンネリーゼ。彼女はヘルガ。シュタイベルト侯爵令嬢だ」

「……ええ、知ってます」

結婚式のとき拍手もせず剣呑《けんのん》な目つきで睨みつけていたシグルトの義妹だ。

アンネリーゼは最大限の努力で笑顔になった。

「初めまして、ヘルガさん」

「どうも」

ヘルガは凄い目つきで睨みながら優雅に微笑むという離れ業をやってのけると、強引にシグルトの腕を抱え込んだ。

「そんなことより大変なことになっちゃったわ～、シグルト兄様ぁ」

甘ったれた声で訴えながら彼の腕を胸元にぎゅうぎゅう押しつけるのを見て、アンネリーゼは目を剝いた。

(なんなの、この人⁉)

義妹とはいえ妻の面前でこんなに密着するなんて、わざと見せつけているとしか思えない。確かに立派なお胸をお持ちのようだけど！

「ちょ……放してくれないかっ……」

シグルトは焦って腕を振りほどこうとしたが、相手が女性であるうえ後援者である養父の娘という遠慮があるのか、力任せに振りほどくわけにもいかず四苦八苦している。

「何が大変なのですか」

妻としてここは冷静に対応せねばと気を取り直して尋ねると、疎ましげに睨まれた。

「あなたには関係ないわ」

「こら。王女殿下に対して無礼だぞ」

ムッとしたシグルトが強引に腕を振り払う。なんであれ彼はアンネリーゼを軽んじる言動を断じて許さない。

目を丸くしたヘルガは悔しそうにアンネリーゼを睨み、ふたりの間にバチバチと火花が散る。ヘルガはつんけんしながらしぶしぶ応じた。

「うちで開かれる舞踏会よ。招待状が届いたでしょ」

「あいにく行けない。用があってね」

「だめ！　来ないと兄たちが噂を広めるわ。王女殿下を娶ったくせに、新竜騎士団長はダ、ダ、ダ、ダンスができないと！　そのためにわざわざ舞踏会を催すことにしたんだから」

アンネリーゼはぽかんとシグルトを見た。

「……ダンスができない？」

顔を引き攣らせていたシグルトは、観念して苦しげに頷いた。

「どうしてもステップが覚えられず……」

「大丈夫！　わたしが懇切丁寧に教えてあげるから。手取り足取り、ねっ」

ヘルガが目をキラキラさせてシグルトに迫る。アンネリーゼは慌てて間に割り込んだ。

「ダンスならわたしが教えますっ」

「あぁら、踊れるんですの～？　殿下はいつも麗しき壁の花だったから、てっきりダンスは苦手かと」

「もちろん踊れます。なんと言っても王女ですから」

あえて強調すると、ヘルガは悔しそうな顔になった。

「そうだとしても、企んだのはうちの兄たちですから今回はわたしが責任を取らせていただきますわ」

「どうぞお気遣いなく。わたしが妻として責任持って指導します」

「いいえっ、家族としてわたしが教えないと！　妹なんだから！」

「彼の家族はわたしです」

双方一歩も引かず、睨《にら》み合う。

揃ってギッと視線を向けられ、シグルトは顔を引き攣らせた。

「つ、妻に、お願いしたい……です……」

「そんなぁっ、今まで何度も教えてあげたのに！」

「何度も教わって身につかなかったのなら、指導者を変えたほうがいいのでは？」

あんまり頭に来たので思わず厭味が口をついて出る。

ヘルガは殺意のこもった視線を閃《ひらめ》かせると、急にくしゃくしゃと顔をゆがめて叫んだ。

「やっぱり性格悪い！　王女だからってお高く止まって！　悪徳姫のくせに！　母親そっくりのゲス女のくせに〜っ！」

「ヘルガ！」

眉を吊り上げてシグルトが怒鳴る。ヘルガも負けずに怒鳴り返した。

「シグルト兄様のバカ！　うんと恥を掻けばいいんだわ。そうすれば目が覚めるでしょうよ！」

捨《す》て台詞《ぜりふ》を吐き、幼児のように泣きわめきながらヘルガは食堂を飛び出していった。

一難去ってまた一難。フィリベルトの誤解を解いたばかりというのに、今度はシグルトの義妹——。

盛大な嗚咽《おえつ》が遠くなり、玄関の扉がばたんと閉まる。

ふたりは揃ってへなへなと椅子に座り込んだ。

「……すまない」

「凄い妹さんね……」

はぁ、とふたり同時に溜め息が出た。給仕に命じて気分の落ち着く香草茶《ティザンヌ》を淹れてもらい、一息つくとシグルトは改めて詫びた。

「本当に申し訳なかった。ヘルガは義兄たちと違って俺を侯爵家の一員として受け入れてくれたんだが、なんというか、その、受け入れすぎ？　で……」

彼が十五歳でシュタイベルト侯爵の猶子になったとき、九歳だったヘルガはどういうわけか実の兄たちよりもシグルトに懐いた。

末娘として両親に甘やかされる一方で実の兄たちからそっけなく扱われていたヘルガは、立場上遠慮がちにならざるをえないシグルトにまとわりついた。

きょうだいのいないシグルトにとって、慕ってもらえるのは悪い気分ではなかったものの、長じるにつれて過剰にべたべたされることを疎ましく感じるようになった。

けっして嫌いではないが、もう少し節度を保ってほしい。たとえ実の兄妹であってもどうかと思うのに、実際には赤の他人なのだ。

「本当にダンスができないの？」

彼は恥ずかしそうに頷いた。

「どういうわけか簡単なステップも全然覚えられなくて……。右足と左足を両方一緒に動かそうとして転びそうになったりも」

意外すぎる。難なく飛竜を乗りこなし、武芸の技も抜きん出ているというのに。目にも止まらぬ早業でルーカスを床に叩きつけ、凄まじい威力の足技も間近で目撃した。

そんな彼が、簡単なダンスのステップも踏めない……!?

「――でも、ヘルガさんの言うことが本当なら欠席するのはまずいわね」

「それこそ義兄《あに》たちの思うつぼだ。鬼の首でも取ったように言いふらすに決まっている。事実だから俺はかまわないが、部下たちに気まずい思いをさせたくない」

「どうしてそんな意地悪をするのかしら。血がつながっていなくても兄弟でしょう」

「身内と見做していないんだよ。目障りだとはっきり言われたこともある。彼らにとって俺は家名を高めるための道具にすぎない。平騎士ならまだしも、騎士団長に出世して辺境伯の爵位まで得たうえに王女を妻にしたとなれば……養父《ちち》は喜んでも義兄たちからすれば目立ちすぎておもしろくないんだろう」

アンネリーゼは呆れて溜め息をついた。

「ただのやっかみじゃない。――いいわ、こうなったら何がなんでも見返してやりましょ。大丈夫、ダンスは得意なの。教師のお墨付きよ」

「それは疑っていないが……俺にできるかな」

「できるに決まってるわよ。それにわたし……あなたと踊ってみたいわ。あなたはわたしと踊りたくない……？」

「もちろん踊りたい！」

シグルトは顔を紅潮させて即答した。

「それじゃ練習あるのみよ」

「そ、そうだな」

シグルトは悲壮な顔で拳をぐっと握りしめた。

市場巡りは諦め、早速練習を始めることにした。社交のメインは舞踏会、貴族ならダンスは出来て当たり前だ。

「どこの舞踏会にも出たことないの？」

「できる限り避けてた。どうしても行かなくてはならない場合は、挨拶を済ませたら目立たない場所に隠れてたんだ」

彼のような立派な騎士がダンスが厭で物陰に隠れてるなんて……。想像するとつい笑ってしまいそうになり、アンネリーゼは咳払いをした。

「えぇと。副長として団長の都合が悪いときに代理を頼まれることもあったんじゃない？」

「それは別の副長の担当だった。大抵はレオンだな。あいつは貴族出身じゃないが、器用だから大体なんでもそつなくこなせる」

「……もしかして、これからもレオンに代理を頼むつもりだった？」

図星を突かれたようにシグルトはうろたえた。

「いや……レオンにばかり頼むのは悪いから、新たに副長になったディートリヒにも頼もうかと……」

「そういう問題じゃないでしょ」

「すまん……」

妻に呆れられ、シグルトがしゅんとなる。アンネリーゼは考え込んだ。

辺境伯の地位は高い。序列で言えば伯爵より上。一代限りであろうと竜騎士団長である間は侯爵に次ぐ身分を保障されている。

ところがここで、竜騎士が貴族でなくてもなれることが、時として問題となるのだ。

騎士としての能力は傑出していても、貴族として必須の教養までは手が回らないということは多い。

しかし、シグルトは侯爵家に養子入りしている。実際、食事などのマナーに関してはなんら問題ない。

身体能力は優れているのだから、ダンスができないのは不器用ゆえではないはずだ。

「ともかく一度やってみましょう。ダンスには何種類もあるけど、舞踏会で好まれるのはワルツ、ポルカ、カドリールの三つ。中でも注目度が高いのはワルツね。これさえ踊れれば後は見物に回っていても大丈夫よ」

邪魔にならないよう家具を退《ど》かした客間で、向かい合って立つ。

「まずは背筋を伸ばして姿勢よく立つこと。もちろん、これは問題ないわね」

騎士であるシグルトはいつだって姿勢がよく、立っているだけで様になる。しかも目の覚めるような美青年なのだから、彼と踊りたがる女性も多いはず。

　基本的なステップを教え、試しに少し踊ってみてアンネリーゼは驚いた。

「――できるじゃない！」

　少しぎくしゃくしているが、ちゃんと踊れている。シグルト自身、驚き、困惑していた。

「おかしいな……」

「おかしくないわよ。ちゃんと踊れてる」

「でも、ヘルガと踊ったときは全然できなかったんだ。教師にも呆れられた。何度やってもダメで、ついには匙《さじ》を投げられた」

　うーん、とアンネリーゼは首をひねった。

　ヘルガが下手だったとは考えにくい。むしろかなり上手《うま》いからこそ練習のパートナーを務めたはずだ。教師がついていたのなら、ダメだと思えば変えるだろう。

「教師とも踊ったのよね？」

「それはけっこう踊れた。専門家だから俺に合わせてくれたんだろう」

「ひとりで練習したときは？」

「できた」

「それで、ヘルガと組んだら全然だったの？」

「うん……」

シグルトはがっくりとうなだれた。

「ちなみに他の女性と踊ったことは？」

「ない。ヘルガが絶対許さなかった」

「ダンス教師は男性？　女性？」

「男だ。もちろん女性のステップも完璧だった。ひとりでステップを練習したり、教師と組んだときには踊れるのに、実践してみようとすると何故かうまくいかない。終《しま》いにはヘルガがキレて、わたしが嫌いなのかとわめかれた。別に嫌ってるわけじゃないんだが、手をつなぐとどうしても――」

彼は急に口を噤《つぐ》み、じっと自分の手を見つめた。

「どうかしたの？」

「……思い出した。すごく厭だったんだ。他の女性と踊るのが」

「他の女性？」

首を傾げると、彼は頷いてアンネリーゼを見つめた。

「人生初のダンスは、きみと踊りたかった」

「え……」

真剣な彼の顔をぽかんと見返しているうちにじわじわと頬が熱くなる。

「えっ？　ええっ⁉　で、でも、その頃はわたし、まだあなたのこと全然知らなかったわ

よ……っ⁉」

「俺の一方的な思い込みだ。あの頃は、よもや憧れの王女殿下と踊れる日が来るとは思ってもいなかった。なのに、貴族の養子になって、思いがけずダンスを習うことになって……もしやあの美しき高嶺の花と踊れるのでは⁉　と思ったとたん、分不相応な野望がむくむくと頭をもたげたんだ」

「あの、高嶺の花はいいかげんやめていただけます……？」

閉口して訴えるも、彼は耳に入らぬ様子で話を続けた。

「来るか来ないかわからない緊急事態に備えておくのが騎士たる者の務め。ダンスを踊れるようにしておくのも重要な危機管理のひとつだ。しかし……どうしても姫君以外の手を取るのが厭で厭で、厭で……っ」

（そ、そこまで厭だったの……）

くっ、と眉間にしわを寄せるシグルトに、アンネリーゼは口許を引き攣らせた。

ダンスを危機管理と捉える人は初めて見た。

「それでヘルガと組むと踊れなかった、と……？」

シグルトはしかつめらしく頷いた。

「おそらく。ヘルガには悪いが、どうしても俺の尊い高嶺の花と踊りたかったんだ。ダンスができなければ万が一の僥倖《ぎょうこう》が訪れたときに一世一代のチャンスを逃してしまう。それはわかっていた。しかし、たとえそのためでも他の女性の手を握り、身体を寄せ合って踊るなんて到底耐えられない……！　葛藤のあまりどうしていいかわからなくなり、腕がこわばり、足がもつれて――」

「――ぷっ」

ついに噴き出してしまう。

きょとんとする彼を、アンネリーゼは大笑いしながら抱きしめた。

「おかしな人ね！　他の女性と踊ったくらいでわたしが腹を立てるとでも？」

「いや……俺が勝手に立てた貞節の誓いに反するというだけで……」

「それしきのことで不貞と決め付けるわけないでしょ。それは、あなたがわたし以外の女性と楽しそうに踊ってたら妬《や》けちゃうけど」

「妬ける？　きみが？」

意外そうな彼にアンネリーゼはにっこりした。

「ええ、それはもう間違いなく妬けるわね。でも、それが社交というものなんだから仕方がないわ。自分の夫だからって社交の場では独占するわけにいかないもの」

「それじゃ俺も、きみが俺以外の男と踊るのを我慢して見てなきゃいけないのか……」

切なそうに眉を垂れる彼に、また笑いが込み上げる。

「お互いさまってことね。でも、そういう社交は主催者に対して失礼にならない程度でいいのよ。それに、ダンスは殿方から申し込むのがふつうだから、踊りたい人がいなければ誘わなければいいわ」

「じゃあきみは？　気の進まない相手から誘われたら」

「そうね……。今ならきっぱり断ると思う。以前は王女として満遍《まんべん》なく愛想よくすべきだと思い込んでて、断るのが難しかった。それで大勢の人と踊って疲れてしまって、少し休もうと思って断ると、今度はお高く留まってると陰口を言われる」

「なんだと⁉　誰だ、その不届き者は！」

「大勢いすぎて覚えてないわ」

「ますます許せん……っ」

「そんなことはもうどうでもいいの。あなたと踊れれば幸せだから」

にっこりするアンネリーゼをほうけたように眺め、シグルトは顔を赤らめて咳払いした。

「そ、それじゃもっと練習しないと。きみの足を引っ張るわけにはいかない」

ふふっと笑ってアンネリーゼは頷いた。

改めて練習を再開し、シグルトが基礎をきちんと身につけていることを確信した。もともと怜悧《れいり》な質で、何事も呑み込みが早いのだ。

常日頃から剣や体術など身体で覚えるものに慣れ親しんでおり、何度か繰り返せば考えなくても身体が動くようになる。

基本がすでにできていたので、一日でひととおり踊れるようになった。そうなると双方ともに欲が出て、どうせなら居合わせた人々を驚嘆させてやりたくなる。恥をかかせるつもりで招待した義兄たちの鼻をあかしてやろうではないか！

舞踏会の前日まで練習を重ね、ワルツは問題なく踊れるようになった。

先代のときによく代理出席をさせられていたレオンに見てもらい、これなら大丈夫と太鼓判を押されたから安心だ。

残る問題は、シグルトがアンネリーゼ以外の女性の手を取ることに拒否反応を示すことだった。ヘルムートの奥方に来てもらって踊ってみたのだが、別人みたいに動きがぎくしゃくして、まるで下手な操り人形だ。

見物していたレオンは『あちゃあ……』と顔を覆い、ヘルムートは『うぅむ』と一声唸って沈黙した。

フィリベルトは握りしめた拳を口許に当て、目を悲愴《ひそう》に潤ませて見守っている。

足を踏んだりこけそうになったりしないぶんヘルガと踊っていた頃よりましになっているのは確かだが、お世辞にも上手いとは言えない。

というか、これでは嘲笑を浴びるのは必至である。

がっくり落ち込んだシグルトはヘルムートの奥方にひたすら陳謝し続け、奥方は慰めあぐねておろおろしている。

どうしたものかとアンネリーゼは考え込んだ。

自分と踊るだけなら問題ない。

顔を出してワルツを一曲踊り、ちゃんと踊れることを周囲に示したらとっとと引き上げることにしているから、予定どおりに行けば大丈夫……のはずだ。

しかし、どんな成り行きで他の女性と踊らざるを得ない状況に追い込まれるかわからない。たとえばヘルガだが、恋慕するシグルトが敵視するアンネリーゼと見事に踊っているのを見れば絶対自分も踊りたがるに決まっている。

ダンスの申し込みは男性側からするのがふつうと言っても親しい身内なら話は別だ。

公衆の面前でヘルガから踊ってほしいと請われて断れば後援者の娘に恥を掻かせることになる。アンネリーゼとてそれは避けたい。

頭を絞るうち、ふと思いついた。

(直接触れなければ、大丈夫かも……?)

アンネリーゼは壁際に控えていたヤスミンを手招いて囁いた。

「シグルトの手袋を持ってきてくれる？　礼装用の」

頷いて出ていったヤスミンはほどなく白手袋を持って戻ってきた。ごく薄手のしなやかな小羊革で作られ、外側にピンタックが三本入っている。

アンネリーゼは手袋を持ってシグルトに歩み寄った。

「手袋をして踊ってみたらどう？　本番ではするんでしょう？」

面食らいながらもシグルトは受け取った手袋を嵌めた。通常制服のときは手袋をしない。逆に貴族は舞踏会で袖口のレースが手の甲まで覆うエレガントな礼服を着用するため手袋はしない。代わりに富裕さを示す大きな宝石の嵌まった指輪を嵌めたりする。

改めてヘルムートの奥方と踊り始めたシグルトを見て、レオンが眉をひそめて身を乗り出した。

「んん？　なんだ？　踊れてるじゃないか」

（……やっぱり！）

思わず拳を握るアンネリーゼの隣でヘルムートがぼそりと呟いた。

「なるほど。女性アレルギーだったか」

「いや、『王女殿下以外の女性に対する過敏症』だろ、あれは」

感心したようにレオンが顎を撫で、アンネリーゼは気恥ずかしくなった。

さすが団長！　とフィリベルトは感激に目を輝かせている。

ダンスが終わり、互いに一礼するふたりに居合わせた全員が拍手を送った。

「見違えましたわ」

ヘルムートの奥方に感心され、シグルトは照れくさそうに頭を掻いた。

「まさか手袋ひとつで解決するとは思わなかったよ」

「これで、どこの舞踏会に招かれても安心だな。ってゆーかさぁ、取り越し苦労だったんじゃね？　どうせ舞踏会では礼装に決まってんだから」

背をバンバン叩かれ、シグルトは軽く噎《む》せた。

「……前もってわかってなかったら生きた心地がしなかったよ」

確かにハラハラしどおしだったに違いないわ、とアンネリーゼも頷いた。

丁重に礼を述べて三人を送り出し大きく安堵の吐息をつく。

「これで一安心ね！　明日が楽しみだわ。誰にもシグルトを馬鹿にさせたりしないんだからっ」

両の拳をぎゅっと握って奮起するアンネリーゼを、シグルトは頼もしげに見やった。

「ずいぶん積極的になったね」

「えっ……そう？　や、やだわ。気が強そうに見える？　お母様に似てきちゃったのかしら……」

悄気《しょげ》るアンネリーゼにシグルトは苦笑した。

「積極的なのと気が強いのは違うよ。それに、気が強いこと自体は悪いことでもなんでもない。きみが『ダンスは自分が教える』ときっぱりヘルガに言い返したときは、なんだか小気味よかったし、嬉しかった。生き生きしてて、すごく素敵だよ」

シグルトはアンネリーゼを抱き寄せ、こめかみにチュッとキスした。

「そ、そう……？」

「世間の目なんて気にすることはない。きみが素晴らしい女性であることは俺がよく知ってる」

「そんなふうに言われたら、きまり悪いわ」

「自信を持って。きみは俺の高嶺の花なんだから」

「もう、まだ言うの。わたしたち結婚したのよ？」

シグルトは微笑みながらも真摯な瞳でアンネリーゼを見つめた。

「きみには永遠に高嶺の花でいてほしいんだ。なんとか手を届かせたくて懸命に背伸びをし、飛び上がることで俺はここまでたどり着いた。前にも言ったけどきみに出会わなければ、到底ここまで来られなかった。きみは俺を想像もしなかった高みへ引き上げてくれたんだ。だから、きみにはずっと高嶺の花でいてほしい。そうしたら俺は必死に手を伸ばすから。きみに届くまで」

「……届いてないの？　まだ」

なんだか寂しくなって呟くと、彼は笑ってアンネリーゼを抱きしめた。

「届いているよ。でも、そう思ったとたん、今まで気付かなかったことに気付いて驚かされる。そしてやっぱりきみは高嶺の花だと実感して、誇らしく嬉しい気分になるんだ」

「それっていわゆる高嶺の花とは違う気がするんだけど」

「他にしっくり来る表現が思い浮かばない。きみはずっと、憧れの高嶺の花だったから」

赤らんだ顔を広い胸に埋め、アンネリーゼは呟いた。

「……幻滅されないよう、努めます」

彼はにっこり笑って頷いた。銀灰色の瞳が優しく輝いている。

唇を重ね、頬を合わせてアンネリーゼは囁いた。

「もっと踊りたいわ」

ふたりはふたたび手を取り合って踊り始めた。不安はもう跡形もなく消えていた。


翌日の舞踏会。ふたりに悪意の視線を向けてきた人々は、すぐにその目をひん剝くこととなった。

シグルトが披露した典雅なステップと騎士らしい高潔さの漂うきびきびとした立ち居振る舞いに、誰もが驚嘆している。

特に女性たちは老若を問わず、惚《ほ》れ惚《ぼ》れと彼を眺めた。竜騎士団長を拝命するまでほとんど社交界に顔を出さなかったので、噂でしか知らない人も多かったのだ。

彼が秀麗な美貌の持ち主であり、威風堂々とした美丈夫であることは一目瞭然だ。感心する人々の姿に、アンネリーゼは人生初と言ってもいい鼻高々な気分を味わった。

意地悪い貴族の中にはアンネリーゼが王宮を追い出され、成り上がりの騎士団長に嫁がされたと思い込んでいる者も少なからずいた。

ぴったり息のあったダンスを披露し、仲むつまじく寄り添うふたりを見れば、それが誤解であったことはすぐにわかる。

ふたりのワルツを嫉妬まじりの視線で追いかけていたヘルガは、『シグルト兄様ぁ』を連発して身内であることをアピールし、わたしとも踊ってちょうだいと甘え声でねだった。

悠然と微笑んで譲ったものの、見せつけるように彼に身体をすり寄せるヘルガの態度にはこめかみがぴくぴく引き攣るのを抑えきれない。

がまんがまん、と自分に言い聞かせていると、シグルトの義兄たちが地団駄《じだんだ》踏みそうな形相で突っ立っているのが目について、扇の陰でにんまりしてしまった。

養父である侯爵はお目が高いと客たちに褒めそやされて満足そうだ。

曲が終わってシグルトが引き上げてきた。もっと踊りたいとまとわりつくヘルガに四苦八苦しながら目配せを送られ、アンネリーゼは頷いた。

目的は達したことだし、さっさと引き上げよう。食事は家でゆっくり祝杯がてらに摂ることにしている。

どうにか振り切って玄関へ向かうと、到着したばかりの招待客と鉢合わせてアンネリーゼはぎょっとした。自分とよく似た顔立ちの女性が艶然と微笑む。

「──あら、もう帰るの？」

アンネリーゼの生みの母、かつての王太子妃、現アイヒベルガー公爵夫人のマルグレーテが、そこにいた。

赤味《あかみ》のつよい金髪を高く結い上げ、シルクサテンの豪華なドレスは光沢のある鮮やかな緑色で、胸当て《ストマッカー》は濃いピンクのリボンで埋めつくされている。三十七歳のはずだが、ゆうに十歳以上若く見えた。

「ご、ご機嫌よう、お母様」

しどろもどろの挨拶に彼女は嘲るような微笑みを浮かべた。底知れぬ漆黒の瞳で見つめられ、子どもの頃からの刷り込みで反射的に萎縮してしまう。

「公爵夫人」

シグルトが慇懃《いんぎん》に一礼すると、マルグレーテは獲物を前にした雌豹のごとく微笑んだ。

「お気の毒に、せっかくの舞踏会もダンスが苦手では楽しめませんわね」

なんでそんなこと知ってるのよとムッとして、アンネリーゼは生まれて初めて母に言い返した。

「なんのことですか。わたしたち、皆さんの前で踊ってきたところですけど？　シグルトはとってもワルツが上手なんですよ。嘘だと思うなら誰にでもどうぞお訊きになって」

マルグレーテは一瞬ぽかんとアンネリーゼを見返し、顎を反らして驕慢《きょうまん》な笑みを浮かべた。

「あぁら、それはよかったこと。だったら宅の舞踏会にもお招きしようかしら？　いいえ、晩餐会《ばんさんかい》のほうがいいわね。〈幸福の森《グリュックヴァルト》〉が今どうなっているかも、じっくりお聞きしたいし……。もちろん、ご存じよね？　あそこがもともと誰のものだったか」

思わせぶりな流し目を送られ、シグルトの表情が固くなる。

くすりと笑ってマルグレーテは会釈した。

「では、ご機嫌よう」

豪奢《ごうしゃ》なドレスを揺らし、マルグレーテは悠然と去っていった。そのときになって彼女の後ろに二十代半ばほどの男性が立っていることに気付いた。夫君のアイヒベルガー公爵だ。品のよい端整な面持ちをしているものの、どうにも影が薄い。あらゆる意味で強烈な妻に圧倒されてしまったのだろうか。

妻より十歳以上も若い公爵は含羞《はにか》んだ笑みを浮かべてふたりに会釈し、妻の後を追った。

その姿は夫というより侍従のようだ。

アンネリーゼはなんだか彼が気の毒になってしまった。

「――行こう」

シグルトが低い声で促す。馬車が走り出しても彼は眉根を寄せて何事か考え込んでいた。

しばらく様子を窺い、遠慮がちに尋ねてみる。

「〈幸福の森《グリュックヴァルト》〉って、何……？」

「〈魔の森《ヘレンヴァルト》〉のことだ。昔はそう呼ばれていたんだよ」

「そうなの？　知らなかったわ」

「もう三十年も前のことだからね。黒い星が墜《お》ちてくるまでは、明るく豊かな森だったそうだ」

「どうしてお母様は突然そんな昔のことを持ち出したのかしら」

「あそこは彼女の実家――ラングヤール侯爵の領地だったんだよ」

「ええっ⁉」

今度こそびっくり仰天してアンネリーゼはまじまじとシグルトを見つめた。彼は生真面目な顔で頷いた。

「ラングヤール家はかつて〈幸福の森《グリュックヴァルト》〉の領主で、グリュックヴァルト辺境伯を名乗っていた。黒い星が墜ちると瘴気から生じた魔物たちが森の近くにあった城や村落を襲った。そのときの戦闘でグリュックヴァルト家が抱えていた騎士たちはほとんど全滅に追い込まれたんだ」

森は閉ざされ、バルムンク帝国との行き来は不可能になった。

様々な恵みをもたらしてくれた〈幸福の森《グリュックヴァルト》〉は足を踏み入れることすらできない〈魔の森《ヘレンヴァルト》〉に変わってしまったのだ。

もはやグリュックヴァルト家には辺境を守護する兵力が残っていなかった。

そこで王家は森を直轄領として召し上げ、代わりに王領地であったラングヤール地方を与えて侯爵に叙した。

「グリュックヴァルトの騎士たちが魔物たちの侵攻を命懸けで止めたことへのせめてもの報い……なのだろうな。国王陛下との婚約もその一環だったんじゃないかと思う」

「だからお母様は婚約解消に応じようとしなかったのね……」

黒い星が墜ちたのは、当然ながら王家の責任ではない。完全に天災だ。

代替地《だいたいち》の提供や、より高い爵位の授与、王子との婚約も、いわば王家の厚意である。それをマルグレーテは当然の権利と思い込み、絶対に手放そうとしなかった。

「爵位が上がり、豊かな領地も得た。しかし、かつてのような強大な兵力はもはやない。辺境伯でなくなれば蓄えることを許される兵士の数は格段に下がる。先々代の侯爵――きみの祖父はそのことで一時期ひどく荒れたと聞く」

「わかる気がするわ……」

祖父は態勢を立て直して辺境警備にあたることを望んでいたのではないだろうか。

しかしそれが許されることはなく、王家の直轄領となった〈魔の森《ヘレンヴァルト》〉にはやがて新たな辺境伯が置かれた。任命されたのは飛竜を操る竜騎士たちの長だった。

祖父の記憶はほとんどない。いつも気難しげで、うんざりした顔で孫娘を見た。周囲に壁を作っているようで、近寄ることすらためらわれた。

「――もしかすると公爵夫人は、〈魔の森《ヘレンヴァルト》〉を今でも実家の領地と考えているのかもしれないな」

シグルトの呟きに、アンネリーゼは眉をひそめた。

「そんな。もう三十年も前に交換したわけでしょう？」

「彼女は森の変貌を目の当たりにしたはずだ。当時は領地の館にいたわけだから」

「母はその頃、六歳か七歳よね。墜ちてくる星を目撃したのだとしたら、確かに強烈な体験だわ。……でも、あんなふうにわざわざ話を持ち出すなんて、なんだか引っかかる」

「厭味を言いたかったんだろう。俺が恥を掻くのを見物に来たのに、あてが外れたものだから」

冗談ぽく言われてアンネリーゼは苦笑した。

「そうかもね。もう少し早く来てくれればよかったのに。というか、お母様を招《よ》んでたなんて」

「アイヒベルガー家は名家だからな。公爵夫妻が参加すれば舞踏会の格も上がる」

「まさか、本当に招待状を寄越《よこ》すつもりかしら……。わたし絶対行きたくない。どうせ皮肉や嫌味《いやみ》を浴びせられて貶されるのが落ちだもの。それか、お母様の自慢話を延々と聞かされるはめになる」

「ただの社交辞令だよ、きっと」

「そうよね……」

母との思わぬ遭遇で動揺してしまったが、舞踏会自体は上手くこなせた。あれだけ目撃者がいるのだから、意地悪な義兄たちとて明らかに事実に反する噂は流せまい。

ふたりは屋敷に帰り着くと早速祝杯を上げ、気の置けない晩餐を心ゆくまで楽しんだ。


しばし平穏な日々が過ぎ、シグルトが〈魔の森〉《ヘレンヴァルト》巡視の準備を始めた頃。王都で奇怪な騒ぎが起こった。とある貴族が自宅で襲われて重傷を負ったのだ。

犯人は貴族がペットとして飼っていたイノシシで、主人を襲って脱走した。逃走中にさらに複数の人間が巻き込まれて負傷した。

王都警備を担当する第二近衛騎士団が出動し、捜索に駆けずり回った挙げ句ようやく追い詰めたのだが、実際にはそれはイノシシなどではなかった。

確かに似てはいる。だが、大きさはふつうのイノシシの倍近くあった。異様に牙が長く、金色の目が六つ並んでいる。

さらに体毛はどぎつい紫色で、爪はぎらつく緑色。染めたのかと思ったが違った。

それはれっきとした魔物だったのである。

近衛騎士団は即座に竜騎士団に出動要請を出した。魔物退治は昔から竜騎士の仕事とされている。竜は魔物の気配に敏感で、隠れ潜んでいる場所をすぐに見つけ出せるのだ。すぐに竜騎士が駆けつけ、魔物を駆除した。何本もの矢を射込《いこ》まれた魔物は急激にふくれあがり、爆発して飛び散った。

周囲の草地は焼けただれたように黒くなり、胸が悪くなる異臭がただよった。当分のあいだそこには雑草も生えないだろう。

飼い主の貴族も牙で刺された際に毒にやられて意識不明となったため、シグルトは使用人を厳しく取り調べた。

その結果、魔物を売りさばいている闇商人の存在が浮かび上がった。〈魔の森《ヘレンヴァルト》〉に入り込み、珍奇な姿形の魔物を捕らえてオークションにかけるのだ。

買い手は貴族や大商人、豪農などの富裕層である。

国境の森が閉ざされ、帝国や他の領邦からの新しい文物が入って来なくなった。その代わりのように、魔物を売り買いする者たちが現れたのだ。

調べを進めると多くの貴族が密かに魔物を飼育していることが発覚し、大問題となった。

彼らが飼っている魔物は比較的小型で、当然ながら珍しい姿だったり、変わった毛色のものばかりだ。魔物たちは鎖に繋がれ、頑丈な檻《おり》で飼われていた。飽きれば愛好者同士で交換したりもする。

「――こんなに魔物が王都に入り込んでるとは思わなかったよ」

遅い夕食を終え、寝室に引き上げるとシグルトは憂鬱な顔で嘆息した。身を寄せ合って寝台のヘッドボードにもたれながら、アンネリーゼは彼の肩をそっとさすった。

事件以来、彼は休みも取らず毎日遅くまで奔走している。違法飼育されている魔物が当初の予想より遥かに多かったのだ。

家宅捜索を行なっているものの、何しろ数が多いうえ、特に気位の高い上級貴族は非協力的だ。彼らが飼い主である確率が最も高いので、ますます捜査がやりづらい。

「隠すのは当たり前で、中にはさっさと処分してしまうこともあるようだ。飼育の痕跡があったとしても魔物を飼ってた証拠にはならないし……」

アンネリーゼは首を傾げた。

「竜は魔物の気配に敏感なのでしょう？　全然気付かなかったのかしら」

「非常時以外、王都上空の飛行は禁じられているし、本来の目的に集中していれば、よほど異様な瘴気でも発していない限り無理だな。飼われていた魔物はほとんどが犬猫くらいの大きさで、この前のイノシシ型のものが今まで判明した中では一番大きかった」

件の『イノシシ』は、購入したときは紫の毛並みに緑の縞模様《しまもよう》が入ったかわいらしい『瓜坊《うりぼう》』だったことを聞き、アンネリーゼは深く納得した。それは騙《だま》される。

「飼育されていた魔物は貴金属や宝石を思わせる美しい色合いのものばかりだ。欲しがる気持ちもわからなくはない。むろん、そういうのを狙って獲《と》って来るんだろうが……」

「シグルトも〈魔の森《レンヴァルト》〉に入ったとき、綺麗な魔物を見かけたことはある？」

「派手なピンク色をしたモモンガみたいなのが飛んで来たな」

「ピンクのモモンガ⁉　かわいい！」

「モモンガみたいなの、だ。顔面を狙って飛んで来て視界をふさがれる。実は本当の口が腹部にあって、獲物の頭にしがみついてバリバリ齧《かじ》るんだ。隊員のひとりが危うく鼻を齧られるところだった」

大まじめな顔で説明され、アンネリーゼは顔を引き攣らせた。

「今のところ王都では見てないが、飼われてもおかしくないな。とにかく見た目だけはかわいらしいから。しかしどんなにかわいらしくても本質的には恐ろしい魔物だ。猛獣と一緒だよ。たとえばクマを子どもの頃から飼っていて、すごく人に慣れていたとするだろう？　だが、何かの拍子で突然人を襲うこともある。何がきっかけになるかわからないし、クマ自身にもわかってないかもしれない。野生の獣は家畜とは違う。魔物ならなおさらだ」

「そうよね……」

「大丈夫。〈魔の森《レンヴァルト》〉に入らなければ安全だ」

「でも……そのせいで森を抜ける街道が使えず、ヴィルトローゼは孤立状態にあるわけでしょう？　自給自足できているけど、ずっとこのままでいいとはとても思えないわ」

「そうだな。――かつてこちらに取り残された帝国の交易商人が森を抜けて帰国しようと試みたこともある。無事にたどり着けたかどうかはわからない。誰も戻って来なかったから。向こう側から新たな商人がやって来ることもない。ヴィルトローゼの商人にも突破を試みる者はいたが、やはりひとりも戻らなかった。森に呑まれたのだと噂が広がり、以来森を越えようとする者は誰も――」

　ふとシグルトは言葉を切った。

「どうしたの？」

「いや……誰もいなくなった。魔物に襲われて全滅したのか、どうにか向こう側に抜けたものの帰れなくなったのか、結局わからず……。やがて皆諦めて国内の取引に専念するようになった。そのおかげで街道が整備され、流通が改善したわけだが」

　シグルトはふたたび言葉を切り、顎を撫でて考え込んだ。

「諦めなかった者も、ひょっとしたらいたのかもしれないな」

「どういうこと？　――あっ、もしかして魔物を捕らえて売りさばいているのって、かつての交易商……とか!?」

「可能性はある。森を抜ける道は見つけられなかったが、代わりに新たな商品を見出《みいだ》した。ただそれはおおっぴらに扱うわけにはいかないものだった。調査研究目的以外での魔物の飼育は禁止されている。……実を言うと、定期巡視で〈魔の森《ヘレンヴァルト》〉に入るときは何匹か魔物を捕らえることになってるんだ」

生態を観察するため、巡視には学者も同行している。捕らえた魔物は王都郊外にある研究施設で飼育されるのだが、与えた餌をちゃんと食べているにもかかわらず長くても三年ほどで死んでしまう。

「鑑賞用として売られた魔物も同じだ。ということは定期的な需要が見込める。つまり、捕獲の際の安全さえ確保できれば商売として充分に成り立つ。それに、魔物など滅ぼしてしまえと主張する者は多い。魔物さえいなくなれば帝国への道が開かれる。いっそ森に火を放って焼き払えと言うんだ」

「森の三分の一は帝国領よ？　たぶん向こう側も〈魔の森《ヘレンヴァルト》〉になっているでしょうけど……だからといって勝手に燃やしていいわけないわ」

憤慨するアンネリーゼにシグルトは苦笑した。

「実際に焼き払うのは広すぎて無理だけどね。そもそも魔物が生じたのは黒い星が墜ちてからだ。その正体を明らかにしない限り、魔物は次々生じて来るんじゃないかと俺は思う」

瘴気を撒《ま》き散《ち》らしながら墜ちて来たという謎の黒い星。今でもその〈星〉は森のどこかで眠っているのだろうか。

「竜騎士団の巡視って、本当は〈星〉を探すため？」

シグルトは頷いた。

「本格的な調査が始まって十年ほどになるが、未だに発見できない。いつも大体同じようなところまでしか進めないいんだ。気分が悪くなる者が続出して、やむなく引き返すことになる。その繰り返しでね」

「瘴気のせいね」

「ただ……どういうわけか俺は平気なんだ」

アンネリーゼは目を瞬いた。

「えっ、不思議」

「一度ひとりでもっと奥まで進んでみたことがある。グリュックヴァルトの騎士たちが残した地図を頼りに。記録によれば、騎士たちは森の奥で巨大な漆黒の竜を見たという」

「漆黒の竜？　――それってもしかして」

「いや。俺を乗せてきた竜とは違うと思う。彼らが見たのはもっとずっと大きな竜だ。森の真ん中に巨大な窪地《くぼち》があって、その底に途方もなく大きな竜が横たわっていたそうだ。竜騎士が乗る小型飛竜とは比べ物にならない大きさだったらしい。城より大きかったと証言している」

「そんなに!?」

「ファルハが言うには、竜は生きてる限り成長し続けるそうだ。長生きの竜ならそれくらいになってもおかしくない」

「そんな巨体でよく飛べるわね！」

「翼で飛んでいるわけではないらしいが」

「じゃあ、どうやって飛ぶの？」

「さぁ……？　ファルハにもわからないそうだ。そのときになれば自然と飛べるんじゃないの？　って言われた」

シグルトは苦笑した。アンネリーゼはふと思いついた。

「あの。今さらなんだけど。森を飛竜で飛び越えることはできないのかしら？」

「それができないんだよ。〈星〉が墜ちる前はもちろん飛べた。帝国の竜騎士と交流していたし、飛竜を所有する交易商もいたんだ。だが、〈星〉が墜ちると森の上空も飛べなくなった。途中までは行けるんだが、そこから先は熱くて行けないという」

「熱い？」

「『熱い』と『痛い』が混ざったような感じかな……。人間には感知できないが、竜にとっては〈魔の森《ヘレンヴァルト》〉の上空は絶え間なく炎が逆巻いているようなものらしいんだ。それがどこまで続いているかもわからない。無理に進んで飛竜が耐えられなくなったら――墜落する。竜は頑丈だから助かるかもしれないが、人間はまず無理だ」

「どうやっても〈魔の森《ヘレンヴァルト》〉は越えられないのね……」

アンネリーゼは溜め息をついた。

「遠回りのようだが、森を抜けるためには〈星〉の正体を突き止めるのが先決ではないかと思う。墜ちてきたのが竜なら、意思疎通が図れるはずだ。どうして墜ちてきたのか、何故瘴気を撒き散らすのか。話ができれば解決策が見つかると思う」

「グリュックヴァルトの騎士たちに、当時の話は聞いてみた？」

「彼らは証言するとすぐに亡くなった。〈魔の森《ヘレンヴァルト》〉から戻ってきたときすでに瀕死《ひんし》の状態だったんだ」

シグルトが単独で奥まで進んだときも手がかりは見つけられなかった。装備不足で長くは進めず、改めて挑戦しようとしても、単独で行くのは無謀すぎると許可が下りなかった。

「危険な魔物がたくさんいるのでしょう？　それに、この先もずっと平気でいられるかどうかわからないわ。いよいよ瘴気にあてられて具合が悪くなったときに凶暴な魔物に襲われでもしたら、いくらシグルトが強くたって――」

アンネリーゼはゾッとして青ざめた。

「独りで探検なんて、絶対やめてよね……!?」

「わかってるよ。そんな無茶《むちゃ》はしない」

シグルトはアンネリーゼの手を握り、なだめるように微笑んだ。

「それと、今回の巡視は延期になった。まずは魔物の違法取引の件を片づけないと」

「よかった！　――あ、ごめんなさい。つい、嬉しくて。えっと、その、ひとりで留守番するのは寂しいなって思ってて……」

赤くなってしどろもどろに言い訳していると、いきなり全力で抱きしめられた。

「そんなかわいいことを言われたら嬉しすぎて困るぞ……！」

「えっ？　あの、ごめんなさい。困らせるつもりは」

「いや、もっと困らせてくれ。きみに困らされるのは大歓迎だ」

「んぅ⁉」

真顔で言うなり唇を塞がれてアンネリーゼは目を白黒させた。だが、すぐに快感がぞくんと突き上げて頬を染める。

ぬるりと滑り込んだ舌で口腔《こうこう》をなぶられる感覚に目を潤ませながら、花芯に走る甘い疼痛にぎこちなく腿をすり合わせていると、夜着の裾から侵入した手が乳房を掴んで捏ね回した。もうそれだけで下腹部がはしたなくも淫らに疼いてしまう。

シグルトは手早く夜着を脱ぎ捨て、全裸に剝いたアンネリーゼを跨がらせてなおも口腔をむさぼりながら執拗に乳房を揉みしだいた。

先端はとうに張りつめ、ピンと尖っている。それを指先で左右に紙縒《こよ》りながら引っ張られると、言いようのない快感でぞくぞくした。

「んッ、んん」

唇を塞がれたままアンネリーゼは涙目で喘いだ。もともと感じやすい場所なのに、身体を重ねるたびに執拗に弄られるせいで、ますます敏感になってしまった。

ちょっと触れられただけで媚肉が疼いてしまうのが恥ずかしくてたまらない。もちろんシグルトはわかっていて責めたてるのだ。

指では飽き足らず、口に含んで舐《な》め回《まわ》す。唇と舌を使って扱《しご》き、時には軽く歯をたてたりしてなぶり尽くし、それからおもむろに雌蕊に触れてくる。

もちろん今夜もすでにアンネリーゼの秘処はすっかり濡れていた。侵入した指がくちゅんと滑る感覚には、未だに羞恥で頬が火照ってしまう。

同時に、彼が指を動かしやすいよう腰を浮かせる自分がいる。

逞しいシグルトの肩にしがみつき、喘ぎながら腰を振る。彼が指を動かすのではなく、自ら勝手に腰が揺れてしまうのだ。恥ずかしくてたまらないのに止められない。

やがてアンネリーゼは絶頂に達し、挿入された指を深く呑み込んだ花弁が激しく痙攣した。びくびくと戦慄《わなな》く媚肉のあわいをゆっくりと探っていたシグルトが、褒めるように唇を重ねる。

甘くとろけた官能的な瞳で見つめながらゆっくり指を動かされると、それだけでまたいともたやすく恍惚状態へと舞い戻ってしまう。

彼は指を引き抜くとアンネリーゼの腰を掴んで引き寄せた。

そそり立つ雄茎が蜜口に触れる。張り出した先端がぐちゅんととば口を通過すると同時に、剛直が一気に花鞘を貫いた。

「ひぁっ……！」

ずんっ、と奥処に突き当たる衝撃に、眼裏でチカチカと光が瞬く。長大な太棹は臍の辺りまで容易に達しているだろう。その充足感にアンネリーゼは陶然と腰を揺らした。

「なんて素晴らしい眺めだ……」

指を絡ませ、ゆったりと突き上げながらシグルトはしみじみと感嘆した。視線の先では上気した乳房がたゆたゆと揺れている。

欲望のまなざしをアンネリーゼは心地よく受け止めた。

いつも怜悧な彼の瞳が情欲に熱く滾《たぎ》るのを見るとぞくぞくしてしまう。

彼のこんな顔を見られるのは自分だけ……。そう思うと独占欲が満たされるだけでなく自信も増すような気がした。

彼の求めに応じ、アンネリーゼは大胆に腰を上下させた。

濡れた肌がぶつかりあう淫靡な音が響き、滴り落ちた蜜が固く膨れ上がった太棹にまとわりつく。絶え間なく噴き上がる愉悦に身も心もとろけてゆく。

「あっ、あっ、あんっ、んん、悦い……っ、気持ちぃ……！」

淫らな睦言《むつごと》が濡れた唇からこぼれ落ちる。

「俺も気持ちいいよ」

シグルトが満足そうに囁き、アンネリーゼは嬉しくなった。

「ほんと……？」

「本当さ。きみは本当に素晴らしく、素敵だ……」

「ひぁんっ」

ぐっ、と腰を突き上げられ、悲鳴のような嬌声が上がる。目の前で星が踊っていた。身を起こしたシグルトとひとしきり熱いくちづけを交わすと、彼はアンネリーゼの臀部を摑んで激しく腰を突き入れ始めた。

「んっ、んふっ、んん」

潤んだ目を瞬くと、睫毛が愉悦の涙に濡れる。アンネリーゼは彼にしがみつき、抽挿に合わせて激しく腰を揺すった。

彼の昂りを感じる。もう少しであの瞬間が訪れる。すべてが溶け合うあの時が――。

その期待は裏切られなかった。熱いしぶきが蜜壺を満たすと同時にアンネリーゼは愉悦の極みで放心した。

ゆっくりと意識が戻ってくると、懐に抱かれて優しく背中を撫でられていた。アンネリーゼは彼に抱きついて満足の吐息を洩らした。

「……どうかしたの？」

　ふと、彼が何事か考え込んでいることに気付いて尋ねる。シグルトはハッとして、気まずげな笑みを浮かべた。

「〈星〉のことを考えてた。あれが竜なら、どうして墜ちてきたのかと。ごめんよ」

「謝ることなんてないわ。気になるのは当然よ」

　微笑んで彼の頬を撫でる。

「……ねぇ。もしかして、竜は病気なんじゃないかしら」

　ふと思いついて言ってみると、シグルトは真顔になった。

「実は俺もそう考えてたんだ。竜は間違いなくこの世で最強の生物だが、生き物である以上、病気になってもおかしくない」

「そうだとしたら、治してあげたいわね」

「ああ。何ができるのか、そもそも俺たちにできることはあるのか、是非ともそれが知りたい。――そうか。俺を運んできた竜も、もしかしたら」

　シグルトは手を伸ばしてサイドテーブルに置いておいた紐《ひも》付きの小さな革袋を取った。中から取り出した竜鱗石《ドラゴナイト》を見て、アンネリーゼはふと違和感を覚えた。

「なんだか赤みが増してない？」

「というか、黒みが減ったような……？」

黒にしか見えなかった石に、確かに赤みが差している。

眉根を寄せて考え込んでいたシグルトは、ふいに竜鱗石《ドラゴナイト》をアンネリーゼに差し出した。

「しばらく預かってくれないか?」

「いいの? お守りでしょ」

「みたいなもの、だ。ちょっと確かめたいことがあるんだよ。なるべくいつも身につけていてほしい」

よくわからないが頷いて受け取る。そっと掌に包むと、いつかのように石が小さく脈打った気がした。

第六章　〈魔の森〉の解放

翌日、捜査に出かけるシグルトを見送った後、アンネリーゼに母からの手紙が届いた。

母から手紙をもらうのは初めてで、驚きのあまりしばらく封を切らずにためつすがめつしてしまった。

封を切り、深呼吸をひとつして手紙を広げる。そこには、大事な話があるから手紙を読んだらすぐに一人で来るように、と書かれていた。手紙を持参した馭者《ぎょしゃ》が馬車で待っているという。

先日、シュタイベルト侯爵家の舞踏会で出くわしたときの意味深な母の目つきを思い出し、アンネリーゼは不安に襲われた。〈魔の森〉《ヘレンヴァルト》がかつては実家の領地だったことで、何か言いたいことでもあるのだろうか？

（もっと豊かな土地を代わりに貰《もら》って、爵位まで上がったんだから、文句をつける筋合いなんてないでしょうに）

それとも他に何かあるのか。わざわざ『大事な話』と書いて寄越したことがやはり気になる。離婚して母が王宮を出て行って八年。思えば一度も顔を合わせなかった。

最後に会ったときと母はまったく変わっていないように見えた。美しく華々しく、傲慢かつ冷淡。

母を見るといつも燃え盛る炎を連想する。だが、その中心には何かとてつもなく冷たいものがあった。

まるで、あまりに身体が冷たいので火の中に棲《す》むという火蜥蜴《サラマンダー》のように。

もう一度手紙を読み、溜め息をついた。気は進まないが、行かなければいつまでも『大事な話』がなんなのか引きずってしまいそうだ。

アンネリーゼはヤスミンを呼んで外出着に着替え、待っていた馬車に乗り込んだ。動き出すと一瞬がくんと揺れたが、すぐに収まって馬車は石畳を軽快に走り始めた。

実はそのとき馬車の後ろにフィリベルトが飛び乗っていたのだ。彼はヤスミンから話を聞くとなんとなく胸騒ぎを覚え、慌てて馬車を追いかけた。アンネリーゼは母が何を言い出すつもりかと考え込んでいて周囲に気を配る余裕などない。

馬車から降りて初めてそこがアイヒベルガー家の屋敷ではないことに気付き、ぽかんとなった。

公爵邸には来たことがないが、ここには来たことがある。それもごく最近。そこは母の婚家ではなく、シグルトの実家——つまりはシュタイベルト侯爵の館だったのである。

「――え？　なんで……？」

呆気に取られるアンネリーゼに、出迎えに現れた執事が深々とお辞儀をした。わけがわからないまま奥へ案内される。

豪奢な調度品に囲まれた居間に入ると、ふたりの女性がテーブルを挟んで歓談していた。ひとりはこの家の娘であるヘルガ。そしてもうひとりは――。

「あら！　いらっしゃい。待ってたのよ」

さっと立ち上がったヘルガが満面の笑みで出迎え、アンネリーゼの腕を取って強引に自分の隣に座らせる。

テーブルに出ていた茶器をひとつ取り、銀のポットからなみなみと注いで差し出した。

「さ、どうぞ」

反射的に受け取ってしまい、口に含む。

「……な、なんですか、これ？」

予想外の苦さに顔をしかめると、差し向かいに座っていたアイヒベルガー公爵夫人――アンネリーゼの母マルグレーテが艶美な笑みを浮かべた。

「アンディーブの根を煎じたものよ。胃腸にいいのよ。苦いのがいやならミルクを入れるといいわ」

するとヘルガがミルクジャーを取り上げ、有無を言わさずアンネリーゼのカップにドボドボ注いだ。仕方なく口をつけると、今度はキャラメルのような味わいに変わってぐんと飲みやすくなっていた。

気を落ち着けるためにごくごく飲み干し、受け皿にカップを戻して一息つくとアンネリーゼはキッと母を見た。

「どうしてお母様がここにいらっしゃるんですか」

「当然でしょ、あなたを呼んだのはわたしだもの」

「ここはシュタイベルト侯爵のお屋敷でしょう⁉」

「当たり前よ。だってわたしが公爵夫人をお呼びしたんだもの」

今度はヘルガにあっけらかんと言われて絶句する。ふたりは互いに目配せしてクスクス笑った。

急速に不安が膨らみ、急いでティーカップをテーブルに戻すと立ち上がった。

「用事を思い出したので帰りますっ」

とたんにヘルガに腕を摑まれ、尻餅をつく勢いでふたたび座らされてしまう。

「来たばっかりで何を言ってるの。ゆっくりしていってよ、お義姉様」

猫撫で声にぞわっと鳥肌が立つ。

奇怪《おか》しい。よくわからないけど、とにかく絶対何かがすごく奇怪しい。ヘルガはアンネリーゼの左腕に蔓草《つるくさ》みたいに両腕を絡め、妙になれなれしく顔を近づけた。

「誤解してたわ。公爵夫人って本当はとっても素敵な方だったのね」

「は……？」

「この間の舞踏会で初めてゆっくりお話しさせていただいて、すっかり仲良くなったの」

「そ、そう」

それは良かった——のか？　アンネリーゼを疎ましく思うふたりが結託した、ということなのでは……⁉

カップを手に、マルグレーテが艶冶《えんや》に微笑む。

「シュタイベルトの若君たちとも意気投合したのよ」

「わたしたち全員すっごく気が合っちゃって〜」

けたたましいヘルガの笑い声に、アンネリーゼの背を冷や汗が伝う。

酔っぱらって陽気になっているみたいな感じだが、酒精《アルコール》の匂いはまったくしない。居心地悪さはもはや耐えられないほどにふくらんでいた。

「あ、あのっ、大事な話ってなんですか⁉」

「いいことを教えてあげようと思ってね」

「いいこと……？」

マルグレーテは思わせぶりににんまりした。

「おまえの本当の父親のこと」

「本当の……？　ど、どういう意味!?」

「言葉どおりよ。産んだのはわたしだけど、父親はラインハルトじゃないのよね」

平然と返され、アンネリーゼは青ざめた。

（お父様が、お父様じゃない……？）

「そ、それじゃわたしは――」

（王女ではない……!?）

混乱するアンネリーゼを小気味よさそうに眺めていたマルグレーテとヘルガが同時に噴き出し、爆笑し始めた。

「ホホホホホ！」

「あはは、すっごい顔！」

「ほんとに馬鹿なんだから。冗談に決まってるじゃないの。まったくもう」

「冗談……？」

「間違いなく父親はラインハルトだから安心なさい。ホホホ、なんて顔をするのかしら」

「ああ可笑《おか》しい～っ」

笑い転げるふたりに呆然としたアンネリーゼは、絡みつくヘルガの腕を力任せに振り切って立ち上がった。

「人をからかうのもいいかげんにして！　とても付き合ってられないわ！　おふたりが仲

良くするのは勝手だけど、わたしを巻き込まないで――」

叫んだとたん、急に心臓が締めつけられるように苦しくなる。アンネリーゼは胸を押さえて喘いだ。

ヘルガとマルグレーテは変に白々と目を光らせ、興味津々の態で眺めている。

立ち上がったばかりの長椅子によろよろと座り込んだアンネリーゼの顔を、薄笑いを浮かべてヘルガが覗き込んだ。

「あらあら、どうなさったの、お義姉様《ねえさま》？」

マルグレーテが優雅にカップを傾けながら微笑む。

「安心なさい。死にはしないわ。おまえにはせいぜい役に立ってもらわないとねぇ」

昏くなる視界の中で、居間のドアが開く。シュタイベルト家の兄弟が入ってくるのを見届けると同時にアンネリーゼは意識を失った。


意識が戻ったときには目隠しをされ、手首を縛られて横たわっていた。

ひっきりなしにゴトゴト揺れるので馬車に乗っているようだが、何も見えない。

（ま……また誘拐……!?）

しかも今度は実の母親に、だ。おまけに夫の親族まで絡んでいる。ヴィリーとルーカスのときよりマシなことがあるとすれば、下にマットが敷かれていることだろうか。

ともかく起き上がろうとしたとたん、いやというほど額をぶつけてアンネリーゼは呻いた。手さぐりしてみると、どうやら箱のようなものに入れられているらしい。

(もしかして……ひ、柩《ひつぎ》⁉　じょ、冗談でしょ⁉)

不自由な手でなんとか押し上げようとしたが、びくともしない。

まさかこのまま墓場に連れて行かれるのではと恐れおののいていると、やがて馬車が止まった。いくつも留め金を外すような音がして、蓋が開く。

「あら、起きてたの」

まったく悪びれていないヘルガの声が聞こえ、反射的に怒鳴った。

「ヘルガ！　なんのつもり⁉」

「もぉ、うるさいわねぇ」

ヘルガは舌打ちすると目隠しをむしり取った。

やはりアンネリーゼは柩に押し込まれていた。

跳ね起きるや否や、すかさず目隠しを猿ぐつわにされてしまう。

手首を縛られているので必死に指で引っ張ってもなかなか外れない。

「おとなしくしてなさいよ。何も命を取ろうってわけじゃないんだから。ただ、あなたが邪魔なので消えてほしいだけ」

憤然と睨みつけるとヘルガは底意地の悪い笑みを浮かべた。

「特別に教えてあげる。あなたはこれから公爵夫人と一緒に〈魔の森《ヘレンヴァルト》〉を越えてバルムンク帝国へ行くのよ。あの人、あなたを帝国の皇子様に売り込むつもりみたい。いい話よね？」

「……!?」

「どんな筋書きを考えているのか知らないけど、あなたさえ消えてくれるならどうでもいいわ。そうしたらお父様にお願いして、今度こそわたしをシグルト兄様に嫁がせてもらうの」

「んん!?　んーっ、んーっ」

必死にかぶりを振るアンネリーゼをヘルガはせせら笑った。

「心配しないで。シグルト兄様は猶子だから、わたしたちは結婚できる。お父様はもともとそのつもりだったのに、切り出す前に王女降嫁の打診が来ちゃったのよ。国王陛下のご要望は断れないものねぇ」

ほーっと切なげにヘルガは溜め息をついた。

「お兄様たちがシグルト兄様を嫌ってるのは残念だけど、王女と別れさえすれば他は我慢するって約束してくれたわ。どうせ実力では敵いっこないって自覚はあるわけだし、高貴な妻さえ持たなければ許容範囲ってことね。それに、わたしと結婚すればシグルト兄様とシュタイベルト家との結びつきは完全なものになる」

（結びつき？　要するに彼をシュタイベルト家に縛りつけておいて、とことん利用するってことじゃないのっ）

はっきりわかった。ヘルガはシグルトを愛しているわけじゃない。ただ所有したいだけ。それこそお気に入りのおもちゃみたいに見せびらかして虚栄心を満たし、悦に入りたいだけなのだ。

非難を込めて睨みつけるとヘルガは不快そうに唇をゆがめた。

「何、その目つき。ろくでもない性悪女の娘のくせに」

吐き捨てる口調に、意気投合したなどやはり見せ掛けだったのだと悟る。お互いに利用しあっているだけだ。

しかしわからないのは母の思惑だった。〈魔の森《ヘレンヴァルト》〉を抜けて帝国へ行けると本気で考えているのか？

抵抗むなしくアンネリーゼはふたたび柩に押し込められた。恐怖から気をそらそうと、ひたすらシグルトのことを考えた。

今頃彼はどうしているだろう。執事もヤスミンも、アンネリーゼは母に呼び出されてアイヒベルガー公爵邸に行ったと思っている。

だからアンネリーゼが戻らなければシグルトは公爵邸へ迎えに行くはずだ。

だが、そこにはどちらもいない。

母がシュタイベルト家へ行ったことを公爵邸の誰かが教えてくれればいいが、抜け目ない母のことだ。全然別のところへ行ったことにしてあるに違いない。

まさかアンネリーゼがシュタイベルト家へ行ったとは思わないだろう。

訪問する理由はひとつもなく、ましてやマルグレーテとシュタイベルト兄妹が結託しているなど想像できるはずもない——。

時折水とわずかな食べものを与えられるだけで、馬車の移動は何日も続いた。

外に出してもらえるのは夜だけで、どこにいるのか見当もつかない。

荷馬車の他に旅行用の大型馬車があり、マルグレーテはそれにヘルガと同乗していた。

目が合っても薄ら笑いを浮かべるだけで、馬車から降りるどころか声をかけようともしない。二台の馬車はシュタイベルト兄弟が交代で馭者を務め、他に下男とメイドがひとりずついる。

結局、逃亡することも手がかりを残すこともできないまま〈魔の森〉《ヘレンヴァルト》へ入ってしまった。

森の中は野放図に木々が生い茂り、昼間でも薄暗い。

人の手が入らなくなって三十年も経つので道はすっかり荒れていた。

ひどい揺れが続いた後、ようやく馬車が止まった。

柩から出されたアンネリーゼは、身体中の痛みに顔をしかめながら周囲を見回した。

鬱蒼《うっそう》とした木立に取り巻かれ、豪壮な城館がそびえ建っている。

居館の上には様々な形の塔が立ち並んでいるのが特徴的だ。

「わたしの生まれた城よ」

母の誇らしげな声にアンネリーゼは驚いた。

「それじゃ、お祖父《じい》様の……？」

「そう。かつてのグリュックヴァルト辺境伯の居城よ。今夜はここに泊まるわ。密かに召使を送り込んで維持させていたの」

「勝手にそんなことを⁉　ここの領主はシグルトよ！」

「こ、この城はわたしのものなの。ヘレンヴァルト辺境伯の城砦は森の外にある。森に入ることさえろくにできないくせに領主と言える？」

その科白《せりふ》にハッとしてアンネリーゼは口許を押さえた。

「しょ、瘴気が――」

「竜鱗石《ドラゴナイト》を身につけていれば平気よ。魔物に襲われることもないわ」

「えっ⁉」

「あら？　知らなかった？」

「聞いたこともないわ！」

「ああ、そうね……。みんな知らなかったんだっけ」

思い出したようにマルグレーテは頷いた。

「今後のこともあるので、シュタイベルト家の方々にはそれぞれひとつずつ差し上げたわ。死なれては困るからおまえにも貸すつもりだったけど、首から下げてたから。それ、竜騎士団のものでしょう？　あとで寄越しなさい」

「誰が！」

これは騎士団ではなくシグルト個人の所有物で、大事な預かり物だ。なおさら渡すわけにはいかない。

アンネリーゼの拒絶などまるで意に介さずマルグレーテは続けた。

「長年コツコツと集めたんだけど、もともと数が少ないから今じゃ王家と竜騎士団所有のものくらいしか残ってなくて。どっちにしろ宝の持ち腐れよね。〈魔の森《ヘレンヴァルト》〉の調査に携えることさえ思いつかないんだから。まったく竜騎士団はお馬鹿さん揃《ぞろ》いだわ。おかげでこちらは魔物を獲り放題だったわけだけど」

何気ないマルグレーテの言葉にアンネリーゼは驚愕《きょうがく》した。

「ま、まさか魔物を貴族たちに売りさばいてたのって、お母様だったの……⁉」

「鑑賞用にちょうどいいでしょ？　ルーカスに手伝わせてたんだけど、馬鹿なことをしでかして捕まっちゃって困ってたのよね。これからはシュタイベルト家の皆さんが協力してくれることになって大助かりよ」

「⁉」

啞然としてヘルガたちを見ると、兄妹三人揃ってニヤニヤしている。

「こんな騒ぎになって、まだ魔物が売れると思うの……⁉」

「魔物がだめなら他のものを売ればいいわ。たとえば……バルムンク帝国の品物とか？」

ニヤリとする母にアンネリーゼは啞然とした。

「……そのために帝国へ行こうと？」

「そんなところね。帝国側ならまだ魔物も売れるだろうし、ヴィルトローゼだってほとぼりが冷めればいずれまた再開できるはずよ」

「楽しみだわ」

ヘルガがうきうきした調子で言い出した。

「わたしも綺麗な魔物を飼ってみたい。帝国の宝飾品やドレスも欲しいわ」

「わたしたちが力を合わせれば、欲しいものはなんでも手に入るわよ」

そそのかすようにマルグレーテが言い、たまりかねてアンネリーゼは叫んだ。

「そんな、わざわざ密輸なんかしなくたって、竜鱗石《ドラゴナイト》が魔物よけになることを公表すればまた行き来できるようになるじゃないの！」

「それでは我が家になんの得もない」

小馬鹿にしたように長兄のフィリップが言い、次兄のシュテファンも同調した。

「交易ルートを独占できれば、儲《もう》けは思いのままだもんな」

アンネリーゼは呆れて言葉を失った。彼らがこんなにも強欲だったとは……。

確かに兄ふたりは有能な義弟を嫌い、妹は義兄に執着するあまりその妻であるアンネリーゼを嫌った。

三人とも気位が高く傲慢だが、それは名門貴族であることに誇りを抱いていることの裏返しだと思っていた。

なのに、国に利益をもたらす情報を隠匿《いんとく》して密輸で儲けることを企むなんて。

母の強欲さも筋金入りだが、この三人も似たりよったりだったのかと思うとシグルトのぶんまで悲しくなった。

四人はこの旧グリュックヴァルト城を密輸の拠点にするつもりでいるようだ。

シグルトの話によれば竜騎士団の調査はここまで及んでいない。監視用の城砦は街道沿いにあるから迂回《うかい》して森に入られたら発見は困難だ。

そもそも〈魔の森《ヘレンヴァルト》〉に好んで入ろうとする者がいるなんて誰も考えない。

それをいいことにマルグレーテは自分の生まれ育った城を『所有』し続けた。もしかしたら再婚で得た遺産や賭博の儲けを城の維持に注ぎ込んでいたのかもしれない。

呆然とするアンネリーゼを尻目に四人は何やら盛んに話し合っていたが、やがてヘルガとシュテファンが城へ入っていった。

「さ、行くわよ」

無造作に言ってマルグレーテが踵《きびす》を返す。

「ど、どこへ？」

思わせぶりな笑みを浮かべ、彼女はさっさと歩きだした。残っていたフィリップが芝居がかったしぐさで促し、アンネリーゼは渋々母の後に従った。

森の中に獣道のような細い踏み跡が続いている。歩きながらマルグレーテが脈絡もなく言い出した。

「わたし、見てたのよ」

「……何をですか」

「黒い星が天から墜ちて来るのを」

「えっ……!?」

たじろぐアンネリーゼを肩ごしに振り向き、口の端を吊り上げる。

「そのときわたしは七歳で、人形やおもちゃを外に持ち出しておままごとをしていたわ。そうしたらね雪が降ってきたの。夏の終わりだというのにね」

「雪……？」

ふっ、とアンネリーゼの脳裏に夢とも幻覚ともつかぬ光景が浮かび上がった。

物心つくかつかないくらいの頃の記憶。そう、たぶん最初の記憶だ。幼い自分が空から降って来る花びらのようなものを見上げている。

小さな掌にこんもりと降り積もった純白の何か。それはどんどん透けていき、ついには跡形もなく消えてしまった。

あれも雪だったのだろうか。たぶん、春もまだ浅い頃の、不思議な記憶――。

「黒い雪よ」

我に返ると、マルグレーテは歩を進めながら梢越しに空を見上げていた。

どんよりした灰色の空を。

「黒い雪……？」

「最初は煙突から出た煤《すす》かと思ったわ。でも違った。掌に受け止めるとすぐに消えてしまって、あとには何も残らなかった。不思議に思って見上げると、ふわふわした黒い雪が空から降り注いでいたの。いくつも目に入ったけど、すぐに溶けてしまうからそのまま空を見続けた。そうしたら、ね。墜ちてきたのよ。真っ黒に光り輝く、黒い星が」

マルグレーテは足を止め、うっとりと空を見上げた。

「星は森に墜ちて、物凄い音と嵐のような風が吹いた。空が真っ黒になって、雷鳴が轟《とどろ》いた。館から大勢の人が飛び出してきたわ。真っ青になった母がわたしを抱き上げて走った。みんな森の外に逃げたの。大騒ぎだった。悲鳴と怒号が渦巻き、鳥や動物は狂ったように鳴き喚《わめ》いていた。わたしは母の肩ごしに、星が墜ちた場所をずっと見つめていた。黒い炎が上がったわ。めらめらと森が燃えるのを見て、わたしはワクワクしてた。だってすごく綺麗だったんだもの……」

母はゆらりと姿勢を戻してアンネリーゼを見つめた。

黒い瞳が妖しい輝きを発している。

「それから、わたしの瞳は黒くなった。あのときまでは青かったのよ」

「えっ……？」

「黒い雪が目に入ったせいかしらね？　でも、色が変わっただけでなんの支障もなかったわ。むしろよく見えるようになった。そう……人の持つ欲望というものが」

ゾッとして反射的に横目でフィリップを見る。彼は摑み所のない薄笑いを浮かべていた。

もしかしたら彼らは母の甘言によって心の奥底に澱《よど》んでいたどす黒いものを呼び覚まされてしまったのでは……？

多くの顰蹙《ひんしゅく》を買いながらも母が未だ社交界で爪弾《つまはじ》きにされないのは、そうやって共鳴する人が一定数いるからなのかもしれない。

「そういえば、黒い星の正体は竜だというのは本当なんですか？」

突然フィリップが言い出してアンネリーゼは目を剝いた。

「ええ、そうよ。この目で確かに見たわ」

マルグレーテはあっさり頷いた。もしかしたらとシグルトとも話したが、本当にそうだったのか……！

「城の放棄が決まる前、グリュックヴァルトの騎士たちが〈星〉の調査に入ったの。それをこっそり追いかけたんだけど、何故か具合が悪くなる者が続出してね。〈星〉が墜ちた場所までたどり着いたのはたったのふたりだったわ。そのふたりも息絶え絶えで、すぐに引き上げた。わたしは平気だったから、しばらくそこで竜を眺めてたの。動かなかったけど息をしていたのは確かよ」

ふと違和感を覚えてアンネリーゼは尋ねた。

「お母様、そのとき竜鱗石《ドラゴナイト》を持ってたんですか？」

「そんなものなくても平気なのよ。わたしはね」

自信たっぷりの答えにアンネリーゼは唖然とした。

「じゃあどうして竜鱗石《ドラゴナイト》を集めたの？」

「わたし以外は竜鱗石《ドラゴナイト》を持ってないと死んでしまうんだもの。仕方ないじゃない」

あっけらかんと言う母に唖然としながら、アンネリーゼは確信を深めていた。

母は間違いなく黒い星に取り憑《つ》かれている。おそらくは……病んだ竜に。

「竜鱗石《ドラゴナイト》の効き目に気付いたのは、どうやって？」

興味深げにフィリップが尋ねる。

「前夫の遺産に竜鱗石《ドラゴナイト》がいくつか含まれていたの。それを眺めていたらピンと来て、召使で試してみたら思ったとおりだったわ。こんな簡単なことを、どうして竜騎士たちは思いつかなかったのかしらね？」

皮肉っぽい流し目を送られてアンネリーゼはムッとした。

さもありなんとフィリップが尊大に頷く。

「致し方ありません。騎士と名乗っていてもしょせん曲芸師みたいなもの。頭は空っぽなんだから。シグルトなんぞ脳みそまで筋肉でできてるに違いない。あんなのが団長では――――ぐぁ！」

こらえきれずアンネリーゼはフィリップの足を力一杯踏んづけた。

「彼に勝てないからって見苦しいわよ！」

「なんん……⁉」

いちおう相手は王女だということは忘れていないようで、フィリップは足を抱えて飛び跳ねながら口をぱくぱくさせる。マルグレーテは肩をすくめた。

「ずいぶん強気になったものね。いつもおどおどして人の顔色ばかり窺ってたくせに」

「そういうことはもうやめたんです。皆が皆、わたしをお母様の分身みたいに思う人ばかりじゃないってわかったから」

「勘違いしないでほしいわね。おまえを産んだのはそもそもわたしの役に立ってもらうためなのよ？　わたしは王妃になりたかった。いいえ、女王になりたかったの。息子が生まれたらラインハルトには速《すみ》やかに消えてもらって、わたしが摂政として国を動かすつもりだった」

「な……なんてことを……！」

「そうすればお父様だって元気を取り戻して長生きできたはずなのに、おまえが女に生まれたせいですべてが水泡《すいほう》に帰《き》したわ」

「勝手なことを言わないで！」

「役立たずのおまえの唯一の取り柄は、わたしそっくりな美貌を持って生まれたこと。その美貌を帝国で生かすのよ。帝国にはちょうど年頃の皇子がいるから、おまえを嫁がせることにするわ」

「無茶苦茶《むちゃくちゃ》だわ！　そんな思いどおりに行くと思ってるの⁉」

「もちろん思ってるわよ。説得力のある筋書きはちゃんと考えてある。美貌と機知さえあれば、結局この世はどうとでもなるものよ」

自信たっぷりにのたまう母をアンネリーゼは唖然と眺めた。

「……どうかしてるわ。お母様だけじゃない、フィリップ、あなたもよ！　こんなこと侯爵が知ったらどうなると思うの⁉」

詰られて彼は眉を吊り上げた。

「そもそも父上があの野郎を猶子にしたのが間違いなんだ！　あんな、どこの馬の骨とも知れない奴……！」

「それはあなたがたが期待に沿えなかったからでしょ」

シグルトを馬の骨呼ばわりされてむかっ腹を立てたアンネリーゼは、火に油を注ぐだけだとわかっていてもつい嫌味たらしく指摘してしまった。

案の定、フィリップの顔色が怒りで赤黒くなる。

マルグレーテが肩をすくめた。

「本当に口が回るようになったわねぇ。だけどあんまりお喋りが過ぎると困ったことになるわよ」

「どういう意味っ……」

「あなたの大事な騎士がどうなるかわからないって言ってるの」

妖しい流し目を送られ、フィリップは気を取り直して薄笑いを浮かべた。

「妹は奴に執着してるが、俺と弟にとっては目障りなだけですからな」

「世の中何が起こるかわからないものねぇ。たとえば……晩餐会で食中毒になるとか？」

「死んでしまえば妹も諦めがつくでしょう」

含み嗤《わら》うふたりにアンネリーゼは愕然とした。

（シグルトを殺すつもり……⁉）

ショックを受けて棒立ちになるアンネリーゼに、マルグレーテが猫撫で声で囁く。

「おまえはわたしの言うとおりにしてればいいのよ。そうすれば帝国の皇妃になれる。たかが騎士団長、実質的な領土を持たない辺境伯なんかの妻でいるよりずーっといいわ」

アンネリーゼは腱《けん》が白く浮き出るほど拳を握りしめ、低く呟いた。

「……あなたたち全員、どうかしてる」

「なんですって？」

「利用されるくらいなら死んだほうがマシよ！」

叫ぶと同時にマルグレーテをフィリップに向けて力一杯突き飛ばし、全速力で駆け出した。勢いで地面に倒れ、じたばたともつれ合いながらマルグレーテが叫ぶ。

「早く捕まえて！」

どうにか身を起こしたフィリップは毒づきながら走り出したが、日頃の運動不足のせいですぐに息が上がってしまった。第二騎士団所属とはいえ訓練をサボって社交にばかり精を出し、王都の見回りも傭兵《ようへい》に代行させていたのだから当然だ。

アンネリーゼはドレスの裾を絡《から》げて走りながら奥歯をぐっと噛みしめた。

敵わないまでもシグルトと張り合う気持ちは全然なかったのか？　侯爵が彼を猶子に迎えたのは、息子たちを発奮《はっぷん》させたいという気持ちもきっとあったはずなのに——。

「……!?」

無我夢中で走っていたアンネリーゼの前に、突如として黒い水面が広がった。

王都の側の湖と同じくらい、いや、もっと大きいかもしれない。

呆然としていると後ろからいきなり羽交い締めにされた。

「はぁはぁ、やっと追いついた……。手間をかけさせないでくださいよ」

「放して！」

耳元で響く荒い息づかいにゾッとして遮二無二《しゃにむに》暴れていると、マルグレーテも息を切らしつつ現れた。背中を支えているのはシュテファンだ。こちらも軽く呼吸が上がっている。

アンネリーゼの抵抗に四苦八苦《しくはっく》しながらフィリップが尋ねた。

「ヘルガはどうした」

「疲れたから昼寝するって。暇なんで追いかけてきたら公爵夫人が座り込んでて……」

「おかげで助かったわ」

マルグレーテは大きく吐息をつき、湖をぐるりと眺め渡して呟いた。

「……本当に湖になってたのね。城の維持を任せた者から聞いてはいたけど」

「雨水が溜《た》まったんですかね」

シュテファンの言葉にマルグレーテは頷いた。

「三十年も経ったから。以前はすり鉢状の大きな窪地で、その底に巨大な黒い竜がとぐろを巻いていたのよ。頭だけで小山くらいあって、角なんか大木並みの大きさだったわ」

「すごいな」

フィリップが口笛を吹く。

「しかし、水に沈んでも生きていられるものかな……」

「竜が溺れると思う?」

「どうだろう。うーん、見えないな」

水面を覗き込むシュテファンにマルグレーテは肩をすくめた。

「あの穴に水が溜まったのならすごく深いわ。でも絶対いるはずよ。あんな大きな竜が飛び立ったら、いくら竜騎士団の目が節穴でもわかるでしょ」

皮肉られてカッとなったアンネリーゼは拘束を解こうと必死に暴れたが、運動不足とはいえ大柄なフィリップの腕はゆるまない。

「放しなさい！　王女に対して無礼でしょう!?」

「いいから押さえておいて」

にべもなくマルグレーテが命じると、フィリップは辟易した様子で言った。

「おい、シュテファン。縄とか持ってないか。押さえたままじゃ歩きづらい」

「そんなもの持ってないよ」

「だったらそのクラヴァットでいい」

シュテファンは渋々とクラヴァットを解き、アンネリーゼの両手を縛ろうと歩み寄った。

「来ないで！」

水際で激しく抵抗するうち、フィリップが濡れた草で足を滑らせる。

「わ……っ」

咄嗟にバランスを取ろうとして、アンネリーゼの身体が湖に押し出される恰好になった。

あっと思った瞬間、水しぶきを上げて湖に落ちていた。もともとすり鉢状の穴なので、水深は岸辺から急激に深くなっている。

しかもアンネリーゼは泳げない。あいにく王女の教養に水泳は含まれていなかった。

「たすっ……ごぼっ……」

必死にもがいたが、三人ともおろおろするばかりで助けに飛び込もうとしない。

「早く引き上げて！」

マルグレーテが怒鳴っても、シュタイベルト兄弟は二の足を踏んでいる。そうこうするうちに水を含んだドレスが重くなり、ますます身動きが取れなくなった。

「おまえ行け！」

「やだよ、僕泳げない。兄さんが助けてやりなよ！」

「俺だって泳げないよ、知ってるだろ⁉」

「どっちでもいいから早くしなさいよ！　あの子に死なれたら困るのよ！」

金切り声でマルグレーテがわめく。

「もしも竜が出てきたら——」

「く、食われたくないぞっ」

青ざめて言い合っていると急に水面が波立ち、ゆっくりと渦を巻き始めた。必死に手足をばたつかせたが、渦に巻き込まれてアンネリーゼは次第に岸辺から引き離されていった。

水底から引っ張られているみたいだ。ついにはぶくぶくと泡を吐き出しながら完全に水面下に沈んでしまった。

その瞬間、手首を掴まれ、ぐっと身体を引き上げられる。

「アンネリーゼ！」

（――――シグルト……？）

幻聴かしらとぼんやり思ったとたん、何かしっかりしたものが身体を支えた。

気がつけば泣きそうな顔のシグルトにピタピタと頬を叩かれていた。

「シ……ごほっ！」

「落ち着いて、しっかり」

背中をさすられ、飲んでしまった水を吐き出す。

咳《せ》き込みながら涙目をぬぐうと、夢でも幻でもなく、すぐ側にシグルトの姿があった。

「よかった、間に合って」

ずぶ濡れなのもかまわず、彼はアンネリーゼを抱きしめた。馴染《なじ》んだその感触にようやく現実感が戻ってきて、彼にしがみついて嗚咽を上げる。

「こ、こわ、かっ……」

「すまない。助けが遅くなった」

激しくかぶりを振り、ほっと息をついて身体を起こすと、シグルトはマントを外してアンネリーゼの身体を覆った。

ふと彼の背後から影が射し、顔を上げたアンネリーゼは目を見開いた。

「シグ……っ」

いつのまにか忍び寄ったフィリップが両手で剣を振りかざしている。

跪《ひざまず》いていたシグルトは振り向きざまに剣を鞘走《さやばし》らせ、すんでのところで受け止めた。

嚙み合った刃から火花が散る。

シグルトは歯を食いしばり、力を溜めて一気にフィリップを押し返すと素早く立ち上がった。

「下がってて」

鋭い口調に慌てて後退《あとずさ》る。

かかとに固いものが当たって振り向くと、そこには飛竜が横倒しになっていた。

「え……？　ファルハ……？」

真珠のように白かった鱗は暗灰色《あんかい》に変じ、黒いかさぶたのようになっている箇所もところどころにある。飛翼には何カ所も穴が開いて、まるでボロ布のようだ。

いた。

「ど、どうしたのファルハ？　しっかり――」

鋭い金属音が背後から聞こえ、ハッと振り向くと、シグルトとフィリップが剣を交えていた。

フィリップの後ろではシュテファンが、やはり抜き身の剣を構えて隙を窺っている。

「やめてください、義兄上。あなたがたと争いたくはない」

剣を捌《さば》きながら懇願するシグルトに、フィリップは眦を吊り上げて怒鳴った。

「ずうずうしく兄呼ばわりするな！　おまえなんぞ、弟と思ったことは一度もないわっ」

シグルトの腕前なら負けるはずはないが、相手はふたりだ。しかも完全に殺意を抱いている。

マルグレーテは兄弟の後ろで冷ややかな微笑を浮かべ、傍観の構えだ。

実力差がわかっているはずなのに、妙に余裕綽々《よゆうしゃくしゃく》なのが気になる。それともふたりがかりなら負けるはずはないと高をくくっているのか……。

ぐったりした飛竜の身体を懸命に撫でさすりながら勝負の行く末を見守るうち、ふとアンネリーゼは違和感を覚えた。シグルトの動きが妙に鈍い。

ふたり同時に相手にしているとはいえ、どちらも家名のおかげでやっと第二騎士団に入れた程度。完全に実力主義の竜騎士団を統括するシグルトなら、それこそ電光石火《でんこうせっか》で倒せるはずだ。彼らと同じ第二騎士団所属のルーカスなど完全に瞬殺だった。

それなのに、今は受け止めるので精一杯の様子。後ろ向きなので表情はわからないが、なんだかひどく苦しそうで足もふらついているようだ。

ふと、にんまりするマルグレーテが彼の肩越しに見え、アンネリーゼはハッとした。

(――竜鱗石《ドラゴナイト》!)

忘れていた。〈魔の森《ヘレンヴァルト》〉には瘴気が充満している。シュタイベルト兄弟はマルグレーテから竜鱗石《ドラゴナイト》をもらって身につけているが、シグルトは持っていない。

彼の竜鱗石《ドラゴナイト》はアンネリーゼが預かっているのだから……!

慌てて竜鱗石《ドラゴナイト》を引っ張り出したが、渡すタイミングが掴めない。

戦っている最中の彼に投げ渡すのは不可能だ。普通の状態ならともかく、今の彼は両手で剣を構えるだけでも大変そうに見える。

シュタイベルト兄弟はシグルトの不調を見て取ると、ここぞとばかりに気勢を上げて襲いかかった。

今まで一度も敵わなかった腹いせのように、防戦一方のシグルトに剣を叩きつける。

圧されてシグルトがじりじりと後退る。アンネリーゼは竜鱗石《ドラゴナイト》を入れた紐付きの袋をハラハラしながら握りしめた。

なんとかタイミングを見計らってこれを彼の首にかけることさえできれば……!

(ああ、どうしよう。石でも投げて気を逸らす?)

しかし投げられそうな石ころは足元にない。しかし代わりに閃いた。

あのふたりがシグルトを殺す気だったとしても、王女であるアンネリーゼまで害するつもりはないはずだ。

現にフィリップは足を踏んづけられても一応怒りを堪えていた、と思う。

だったら思い切って間に割り込めば、一瞬でも動きを止められるのではないか。

その隙に竜鱗石《ドラゴナイト》をシグルトに渡すのだ。

自分がどうなるかは不明だが、これまで聞いた話からすれば、すぐに死んでしまうことはないだろう。わからないが、ともかくそれしかない。

（シグルトが本来の力を取り戻せば、あのふたりなんかすぐに倒してくれる。後のことはそれから考えればいいわ！）

無意識にずっと撫でさすっていたファルハから手を離し、アンネリーゼはそっと身を起こした。

背を向けているシグルトは当然として、こちらを向いているシュタイベルト兄弟もこれまでにない優勢な攻撃にすっかり夢中でアンネリーゼの動きには気付いていない。マルグレーテも勝負に気を取られている。

だが、飛び込むタイミングがなかなか摑めなかった。

もうこうなったら声の限りに叫びながら突進するしかないと腹を据え、大きく息を吸った瞬間――。

背後で凄まじい咆哮が上がった。

同時に爆風のような風が、アンネリーゼの髪を前に向かってなびかせる。

シグルトが驚いた顔で振り向き、シュタイベルト兄弟は仰向けにひっくり返った。マルグレーテも悲鳴を上げて尻餅をつく。

わけがわからなかったが、このチャンスを逃すわけにはいかない。

アンネリーゼはシグルトに駆け寄ると、竜鱗石《ドラゴナイト》の入った小袋を彼の首に急いでかけた。

「!?」

「いいから！　これで大丈夫のはずよ！」

ぎゅっと抱きしめると、呆気に取られていたシグルトは、ハッとしたように目を瞠った。

「──わかった」

「くそっ、なんだ!?」

頭を振りながら起き上がったフィリップが、ぎょっと目を見開く。

振り向くと、ファルハが上半身を起こして片方の翼を打ち振っていた。いつのまにか、鱗の色が真珠色に戻っている。ただし、上半身だけで、翼の片方はまだ破れたままだ。

飛竜はふたたび口を開けたものの、今度は弱々しい唸《うな》り声しか出なかった。

アンネリーゼは慌てて駆け戻り、竜の首を掻き抱いた。

「しっかりして、ファルハ」

竜が動けないことを知るとフィリップは空笑いをして立ち上がった。

「なんだよ、脅かしやがって――」

言葉の終わらぬうちにガツッと鋭い音がして彼の手から剣が吹き飛んだ。

次の瞬間、目の前にシグルトが迫る。

赤く燃え上がる左目にフィリップが息を呑むと同時に、逆手に持ち替えた剣の握りがみぞおちに食い込んだ。

「ぐえっ……！」

たたらを踏んだフィリップはよろよろと後退ると仰向けにどさりと倒れ、白目を剝いて悶絶《もんぜつ》した。

唖然としていたシュテファンは慌てて起き上がったものの、剣を構える暇もなく吹き飛ばされ、兄と激突してふたりとも動かなくなった。

ひゅっと鋭く息をついて剣を収めると、シグルトは急いでファルハに駆け寄った。

「大丈夫か、ファルハ」

竜は頭を揺らし、じっとシグルトを見つめた。シグルトは頷き、アンネリーゼに向き直った。

「このまま撫でていてほしいそうだ。そうすれば治ると」

「わ、わかったわ」

実のところわけがわからなかったが、とにかく竜の身体に腕を回し、元どおりになりますようにと念じながら撫でさする。

ふいにシグルトが身構え、何事かと目を向けるとマルグレーテが憤怒《ふんぬ》の形相で睨んでいた。固く握った拳がぶるぶる震えている。

「よくも邪魔してくれたわね……！」

「諦めろ。あなたの企みはすでに国王陛下の知るところとなった。シュタイベルト侯爵も子どもたちの暴挙を知ってショックを受け、全面的に調査に協力すると誓っている」

「嘘よ、そんな。バレるはずなかったのに……どうして……」

「過信しすぎだ。アイヒベルガー公爵も不審を覚え、日頃からそれとなく目を光らせていたんだ。あなたが思うよりもずっと思慮深いお人だよ」

マルグレーテは眉を吊り上げ、ギリギリと歯を食いしばった。

その背後で、突然大きな水しぶきが上がる。巨大な竜が水面高く鎌首をもたげ、真っ黒なたてがみから滝のようにざあざあと水が流れ落ちた。

「……!?」

振り向いたマルグレーテが言葉を失う。想像以上の巨大さにアンネリーゼもシグルトも呆気にとられた。

ファルハですら初めて見たときはその大きさに驚いたのに、その彼を一呑《ひとの》みにできるほどこの黒竜は大きい。

飛竜の角は後ろ向きの三日月形だが、この竜の角はいくつも枝分かれしながら斜め後ろにまっすぐ伸びている。

水面から出ているのは頭と首の一部だけで、翼がどれほどの大きさなのかはわからない。

（竜って、こんなに大きくなるの……⁉）

閉じられていた黒竜の目がわずかに開き、真っ黒な眼球が覗いた。白目と黒目の境目がなく、まるで夜の水面のようだ。

頭から伝った水が涙のように滴り落ちる。巨大な眼球は鏡のように周囲の風景を映していた。

我に返ったマルグレーテが喜色《きしょく》満面に叫んだ。

「竜だわ！　わたしの竜よ！　助けに来てくれたのね……！　さぁ、この生意気な男を始末して。そしてわたしと娘をバルムンク帝国に運んでちょうだい」

黒竜が口を開ける。それは巨大な洞窟を思わせた。シグルトが剣を抜き放ち、アンネリーゼをかばって身構える。ファルハが苦しげな呻きを洩らした。

けたたましい哄笑《こうしょう》を上げるマルグレーテに、竜の身体から滴り落ちる水が雨のように降り注ぐ。

「……え?」

きょとんとして目を瞬いたマルグレーテは、次の瞬間竜に呑み込まれて消えた。

「お母様っ……!」

ぐっと首を反らした黒竜が、勢いよく頭を戻すと同時に、吐き出されたマルグレーテが草地に転がる。唖然としたアンネリーゼは慌てて駆け寄った。

「お母様、しっかりして」

ぐったりした身体を揺すり、頬を叩いても反応がない。まさか死んでしまったのかと青ざめていると、シグルトが代わってマルグレーテの胸に耳を当て、口許に手をかざした。

「――大丈夫、息はある」

ホッとすると同時に頭の中に不思議な音が響いた。それは声のようであって声ではなく、悲しみに沈む歌のようにも、吹きすさぶ風のようにも聞こえた。

「欲……の、暴走……?」

思わず洩らした呟きにハッとしてアンネリーゼは黒竜を見た。岸辺に頭を乗せてぐったりしている。

「……竜が、何か言ってるみたい」

歩み寄ろうとするアンネリーゼの手首を、シグルトは慌てて掴んだ。

「やめろ、危ない」

アンネリーゼは黒竜を見つめながら懸命に意識を集中した。猛烈な嵐の中で渦巻く木の葉を摑むかのように難しかったが、やがて切れ切れの断片から意味が浮かび上がる。

「そうだったの……！」

「どうしたんだ？」

怪訝そうなシグルトに、アンネリーゼは興奮気味に伝えた。

「やっぱりこの竜は病気なのよ！　飛べなくなって墜ちてくるときに病んだ鱗がたくさん剝がれ、撒き散らされた。子どもだったお母様はそれを大量に取り込んでしまい、そのせいで目の色が変わったり、性格まで一変してしまったの」

「目の色？」

「元は青かったって、さっきお母様から聞いたわ。黒い雪が目に入ったせいだと言ってたけど、雪じゃなくて鱗だったのね……」

ふたりは手をつなぎ、慎重な足どりで黒竜に歩み寄った。

側に行くとその巨大さに改めて圧倒される。城より大きいとグリュックヴァルトの騎士たちが言い残したのはけっして誇張ではなかった。

竜はぐったりと頭を横倒しにした。

「……額の石に触れてほしいみたい」

しかし精一杯腕を伸ばしても竜の額には届かない。シグルトがアンネリーゼを持ち上げて肩に座らせ、ようやく巨大な竜鱗石《ドラゴナイト》に手が届いた。

それはアンネリーゼの背丈と同じくらいの長さがあり、形は騎士の持つ盾に似ていた。色は真っ黒だが黒曜石のような黒ではなく、濁って不透明だ。手触りは風化した岩のようにざらざらしている。

三十年経っても病は癒えていないのだと悟り、アンネリーゼはたまらない気持ちになった。悠久の時を生きる竜にとって三十年などきっと人間の三日にすら当たらないのだろう。

そのとき突然掌が熱くなった。熱は爆発的に広がり、気がつけば半透明の白い花びらが周り中に渦巻いていた。

強い既視感に目を瞠る。

い、い、あのときの花びらだ。

幼い日、天から降り注いだ花びら。掌いっぱいにこんもりと盛り上がり、淡雪のように消えてしまった、美しくかぐわしい花びら——。

それがアンネリーゼの掌から噴水のごとく迸《ほとばし》っていた。白い花びらは黒竜の体表面に沿って雪崩のように疾走した。

真っ黒だった鱗が灰色から白へ、そして白銀に変わってゆく。

さらに白銀は銀色になり、銀は青みをおびて、気がつけば黒竜は蒼穹《そうきゅう》のごとき青く光り輝く竜に変わっていた。

白い花びらがキラキラと輝きながら消えていくと、そこには荘厳な金色の目をした竜が、しっかりと頭をもたげてアンネリーゼを見下ろしていた。

炭のように不透明な黒だった額の竜鱗石《ドラゴナイト》は、美しく澄んだ紺碧《こんぺき》になっている。蒼い鱗はかすかな金色をおび、分厚い雲の切れ間から射し込む陽光を反射して壮麗に輝いた。

アンネリーゼを支えながらシグルトが唖然と尋ねた。

「今の、花びらのようなものはなんだ……？」

「……治癒の妙薬。同族からの贈り物、だって」

頭に響く『声』は今や堂々と張りがあり、力が漲《みなぎ》っている。アンネリーゼの呟きにシグルトは目を輝かせた。

「やっぱり！　きみには何か不思議な力があると前から思ってたんだ。竜の恩寵だったんだな」

竜は気持ちよさそうに首を伸ばし、力強く翼を羽ばたかせた。そのたびに鱗粉《りんぷん》のように金色の光が飛び散り、瘴気が消えていくのがわかる。

蒼竜はふたたび頭を下ろし、慈愛と威厳を兼ね備えた神秘の瞳でアンネリーゼを見つめて告げた。

病に冒され天空に留まれずに墜落したことを知った仲間の竜が、治癒の力を込めた鱗を送ってくれた。幼いアンネリーゼがそれを受け取り、ここまで届けてくれたのだ――と。

竜は力強く頭をもたげ、喜びの声を上げた。それは音であって音ではなく、それでいてどんな嵐よりも凄まじい勢いでびりびりと空気を振動させた。

総毛立つような感覚とともに、一瞬身体がふわりと浮き上がる。森に充満していた瘴気が一瞬のうちに燃え上がり、バチバチと小さな火花があちこちで爆《は》ぜた。

残響が消えると、上空に広がる青空にいくつもの点が現れた。点はみるみる大きくなり、騎士を乗せた竜たちが次々に飛び込んで来る。

「シグルト！　奥方！　無事か⁉」

血相を変えて叫んでいるのはレオンだ。シグルトが大きく手を振ると、着地した竜の背から飛び下りた騎士たちが駆け寄ってきた。ディートリヒやヘルムートの姿も見える。

騎士たちは蒼竜の巨体を呆然と見上げた。

「……なんて大きさだ」

ディートリヒがかすれた声で呟く。

「まさかこんなでっかい竜がいるとはね……」

呆気にとられるレオンの隣でヘルムートが唸る。竜はきらめく金の瞳で興味深げに騎士たちを見下ろした。

飛竜たちは感嘆と憧憬のまなざしを蒼竜に向けている。

長い時が経てば、彼らもこれほど大きくなるのだろうか。

いつのまにかファルハの全身も元の真珠色に戻り、意気揚々と翼を広げている。

蒼竜は居並ぶ飛竜たちの頭に顎先でそっと触れ始めた。大きさの違いに改めて驚かされる。何しろ蒼竜は飛竜を頭に乗せられるくらい大きいのだ。

挨拶のようだが、まるで高位の聖職者が按手するかのようでもあった。

蒼竜は、ふと何かに気付いたようにシグルトに視線を据えた。

「竜鱗石《ドラゴナイト》を見せろと言ってるみたいよ」

耳打ちすると、彼は急いで竜鱗石《ドラゴナイト》を取り出した。

掌に載せたそれを見て、アンネリーゼは思わず声を上げた。

「えっ、小さくなってる……!?」

いつのまにか鶉《うずら》の卵ほどの大きさに縮んだだけでなく、ルビーのような真紅に変わっていたのだ。

蒼竜が小さな石にそっと息を吹きかけると、石は突然液体になったかのように渦を巻き始めた。

その渦の周りに靄《もや》のようなものが立ち込め、ぐんぐん広がったかと思うと掌に乗るくらいの小さな翼竜になった。

小竜は嬉々として翼をはためかせ、呆気に取られているシグルトの顔面に飛びついた。

お腹に口があるというピンクのモモンガもどきの話を思い出して焦っていると、ファルハが首を伸ばして小竜を銜《くわ》えて引き剝がした。

首根っこを銜えられても小竜はなおも嬉しそうに甲高く鳴きながら小さな翼を盛んに打ち振っている。淡紅色の鱗に真珠色の角と爪、額の竜鱗石《ドラゴナイト》は鮮やかなルビーレッドだ。

目をぱちくりさせたシグルトは、まじまじと小竜を見つめた。

「もしかして……いや、もしかしなくても、俺を乗せてきた竜……だよな？」

小竜は頷きながら激しく翼をばたつかせた。アンネリーゼは小竜の意図を汲み取ろうと懸命に意識を集中させた。

「瘴気の中を長く飛びすぎて肉体が保てなくなってたみたいね。赤子を守るためにたくさん力を注いだ、って。その影響が今も残ってて——ああ、そういうこと！　シグルトの左目が時々赤くなるのは竜の加護の名残りなんだわ」

シグルトは呆然と自分の左目を指先でたどった。

「竜の加護……。そうだったのか」

共に死線をくぐり抜けたことで、紅竜とシグルトの間には特別な絆が生まれたのだ。

「しかし、そうすると……竜鱗石は竜の核——あるいは卵みたいなもの、ってことか？」

アンネリーゼはハッとしてシュタイベルト兄弟を見やった。彼らも竜鱗石を身につけている。

「だったら他の竜鱗石も竜の姿に戻れるってこと……？」

蒼竜は首を振った。それらはとても深い眠りに就いているのだと、竜は思考で伝えてきた。

蒼竜はふたたびシグルトを見つめた。

「森の反対側でもあなたを見たって言ってるわ」

「反対側って……帝国側ってこと？」

「たぶん……」

「ありえないよ。何かの間違いだろう」

首を傾げていると、蒼竜は巨体に比して小さな翼を優雅に羽ばたかせた。小さいといっても飛竜の身体よりもずっと大きいのだが。

そしてなんの予備動作もなく飛び立った。いや、飛び上がったというべきか。翼をはためかせて飛ぶのではない。ただまっすぐに、物凄い速度で天に昇っていった。

残された一行は、ぽかんと口を開け、真っ青な空を見上げた。すでに蒼竜の姿はどこにもない。まるで空に溶けてしまったかのようだ。

「すげえもん見たな……」

呆気にとられて空を見上げていたアンネリーゼは、ふいに力一杯抱きしめられて目を白黒させた。

「えっ？ えっ？ 何？ どうしたの⁉」

「二度も妻を誘拐されるなんて、俺は夫失格だ……！」

「何言ってるの。シグルトが悪いわけじゃな――」

いきなり唇をふさがれ、強く吸われる。ヒューッと周囲の騎士たちが口笛を吹き、歓声を上げた。

「不甲斐ない夫を罰してくれないか？」

耳元で意味深に囁かれ、真っ赤になってアンネリーゼはシグルトを睨んだが、心底嬉しそうな笑顔を見ればついつい頬がゆるんでしまう。

「……考えておくわ」

わざとそっけなく答え、腕を抱え込んだ。

「さて、帰るか」

シグルトの声に騎士たちと竜が意気揚々と応じ、一行は森の中を歩き始めた。すでに瘴気は跡形もなく、怪しげな気配も消えている。

気絶したままのマルグレーテはヘルムートが抱え上げ、シュタイベルト兄弟は縛り上げた上で手荒に叩き起こし、自分の足で歩かせた。

ふたりとも毒気を抜かれた風情で放心している。

旧グリュックヴァルト城に立ち寄ると、ヘルガと召使たちが床に倒れていた。

身体を揺さぶったり、軽く頬を叩いたりしているうちに目を覚ましたものの、彼らもま

た魂が抜けたようになっていた。

抵抗する様子はなかったのでまとめて荷馬車に乗せた。

アンネリーゼが押し込められていた柩――そのことを知ってシグルトはすごく腹を立てた――にマルグレーテを寝かせ、ヘルムートが手綱を取る。

そしてアンネリーゼを旅行用馬車に乗せ、シグルト自らが馭者となって一行は街道沿いのヘレンヴァルト城砦へ向かった。

第七章　二人の皇子

三日後にマルグレーテは意識を取り戻したが、相変わらず放心状態のままだった。何を問いかけても、目の前で手を振ってもまったく反応しない。

黒かった瞳は青く変わっていた。いや、戻ったというべきだろう。父王の瞳は茶色なので、結局アンネリーゼの水色の瞳は母から受け継いだことになる。

実は、どっちにも似てない……とかなり気にしていたのだ。母の瞳はアンネリーゼよりも濃い青だった。

魔物の密輸についてはともかく――肝心の魔物が蒼竜の息吹で一掃されてしまったので――アンネリーゼを誘拐した件をうやむやにする気はシグルトには毛頭なかった。

彼はマルグレーテがアンネリーゼに毒薬を盛った上、柩に押し込めて運んだことに激怒していた。失神した彼女を柩に入れて運んだことで腹立ちはいくらか収まったようだが、どうせならこのまま柩に入れて王都へ連行しようと言い出した。

いくらなんでもそれはかわいそうよと訴えていると、妙に慌てた様子で従卒のフィリベルトが現れた。

「あ、あの、団長。きゃ……きゃく……客が……っ」

「客?」

青い顔でこくこく頷く少年騎士に、アンネリーゼは目をぱちくりさせた。

今ではフィリベルトとはすっかり仲良しだ。母に呼び出されたはずのアンネリーゼがシユタイベルト侯爵邸へ向かったとわかったのは彼の功績だった。

アンネリーゼを乗せた馬車の後ろに飛び乗ったフィリベルトは、行き先が違うことに気付き、何かあると直感して誰にも見つからないように隠れて様子を窺っていた。そして真の行き先を探り出して竜騎士団に伝えたのだ。

「客が来たくらいで、何をそんなに慌ててるんだ?」

「えっ、ええと、その。て……帝国の人たち、なんです、けどっ……」

泣き出しそうな顔をシグルトは啞然と見返した。

「帝国人が来ただと……!?」

「は、はい。それが、それがですね……っ」

「――通れるようになったんだわ! 蒼竜が瘴気を消してくれたおかげね」

「そうか。そうだな」

アンネリーゼの言葉にシグルトは大きく頷いた。それにしても動きが早い。

さすが帝国と言うべきか。

居館前の前庭には十数人の帝国騎士が集まり、その周囲をヴィルトローゼの竜騎士たちが取り巻いていた。

何故か皆とまどった顔を見合わせており、シグルトが現れるとその当惑はますます大きくなった。

不審に思いながら帝国騎士たちに歩み寄っていくと、ひとりだけこちらに背を向けて仲間たちと話していた騎士が振り向いた。

その瞬間、シグルトの足が止まった。振り向いた騎士も唖然として動きを止め、互いの顔をぽかんと眺める。

その騎士はシグルトにうりふたつだった。異なっているのは、髪が短いことと帝国の紋章が大きく縫い取られたチュニックをまとっていることだけだ。

周囲の騎士たちはシンと静まり返り、どちらの側も固唾をのんでふたりを見つめている。

シグルトが呆気に取られて声も出せずにいると、彼そっくりな帝国騎士は顔をくしゃくしゃとゆがめ、万歳するように両手を大きく振り上げながら全速力で駆け寄ってきた。

「兄上ー！　やっぱり生きてたぁっ」

ガバと抱きつかれ、シグルトは目を白黒させた。

「あ、兄……？」

「やっと見つけた！　絶対生きてるって信じてたんだ！」

混乱するシグルトをぎゅうぎゅう抱きしめていた騎士は、唖然としているアンネリーゼに気付いて目を瞠った。

「うわっ、すごい美女がいるぞ！　えっ、何？　もしかして兄上の妃かっ⁉」

ようやく気を取り直したシグルトは慇懃に、だが断固として彼を兄と呼ぶ帝国騎士を押しやると咳払いした。

「妻のアンネリーゼ。ヴィルトローゼの姫君だ。私はこの砦を預かるシグルト――」

「違ーう！」

いきなり騎士が叫び、夫婦揃って目を丸くする。

「兄上はエトガル＝レーヴェンムートだろ。僕はエトガル＝ヴァールハイト。僕らは双子の兄弟じゃないかっ」

「ふ、双子？」

「確かにそっくりだね！」

思わぬなりゆきにアンネリーゼははしゃいで目を輝かせた。

「兄上、僕のこと覚えてないの？」

「すまないが……」

「そりゃそうか！　赤ん坊のときに離ればなれになったきりだもんね。でも絶対生きてると信じてたよ～っ」

　ふたたび万歳して抱きつこうとする彼を、集団から進み出た年嵩《としかさ》の騎士が、ガッと肩を摑んで制した。

「落ち着いてください、殿下」

「これが落ち着いていられるか！　生き別れの半身がやっと見つかったんだぞ！　どこからどう見たって兄上だろ⁉　第一皇子だぞ！」

「わかりました。わかりましたから少し落ち着いて。先様《さきさま》が驚いておられます」

　ずいっと前に出て、いかにもベテランらしい騎士がうやうやしく一礼した。

「ご挨拶が遅くなりました。我々はバルムンク帝国皇帝ヘルマン陛下のご命令によりまかり越した友好使節団です。こちらが使節団の代表を務めるエトガル＝ヴァールハイト皇太子――」

「仮だよ仮！　暫定皇太子と言え。皇太子カッコ仮でもいいぞ」

「――エトガル＝ヴァールハイト暫定《ざんてい》皇太子殿下です」

　半ば諦めたように騎士は言った。

「ヴァルって呼んでね、兄上！」

　また抱きつこうとする暫定皇太子を、騎士は全力で押しとどめた。そっくりな顔でも性格が全然違う。

唖然としていたシグルトはやっと気を取り直し、ともかく中へと一行を促した。

いくらか落ち着いたところで、エトガル＝ヴァールハイト暫定皇太子（略してヴァル）は嬉々として説明を始めた。

今から二十二年前、バルムンク帝国の筆頭大臣が数々の不正行為の発覚により免職となった。帝都からの追放を言い渡された彼は失意のうちに王宮を去る際、生まれたばかりの双子の皇子たちをたまたま見かけ、腹立ち紛れにひとりを奪って〈魔の森《レンヴァルト》〉へ向かった。

連れ去られたのがシグルト――第一皇子のエトガル＝レーヴェンムートだ。

「そんな馬鹿なことをしてどうするつもりだったのか、聞いてみたいよ」

「たぶん、その男はもう生きてはいないと思うが……」

慎重に告げると、ヴァルは肩をすくめた。

「それこそ天罰だね。何度も捜索隊を出したんだよ。空と地上の両方から。瘴気のせいでどちらも途中までしか進めず、やむなく引き返した」

五年にわたって捜索は続けられたが手がかりはひとつも見つからず、ついに打ち切りとなった。

〈魔の森《レンヴァルト》〉は越えられない。大臣の竜も瘴気に呑まれてしまったのだろう、と。

皇帝夫妻は悲嘆に暮れたが、ヴァルだけは兄は絶対に生きていると主張して譲らなかった。双子ゆえの特別な絆があるのかもしれない。皇帝夫妻も希望は捨てまいと決めた。

ない、と。

第一皇子は無事に〈魔の森〉《ヘレンヴァルト》を突破して、ヴィルトローゼで元気に暮らしているに違い
「信じたんじゃない、知ってたんだ。僕らは双子なんだから。兄上だってそうだろ？」

目をキラキラさせて迫られ、シグルトは返答に窮した。お供の騎士がすかさず取りなす。

「殿下、無茶を言ってはいけません。第一皇子殿下は弟君をご存じなかったのですよ」

ヴァルは不満そうに口の端を下げる。

「ええ～。僕はずっと兄上がどこかで生きてることを感じてたし、十五の歳からは毎年捜索隊を結成して捜してたんだぞ」

「す、すまん……」

恐縮するシグルトが気の毒になって、アンネリーゼは控え目に尋ねた。

「では今回も途中までいらしていたのですね？」

「それが違うんですよ、義姉上《あね》」

ニコニコと人懐っこく彼は答えた。

「捜索に出かける前の晩でした。準備をしてたら巨大な竜が突如として現れたんです。まるで雷が落ちたみたいでしたよ。鱗がサファイアみたいに輝いてました。あれほど大きな竜は見たことない。なぁ？」

帝国の騎士たちも全員、神妙な顔で頷く。

「蒼い竜は〈魔の森〉《ヘレンヴァルト》が通れるようになったことを教えてくれました。さらには向こう側に僕そっくりの騎士がいると……。絶対兄上に間違いないと、日に夜を継いで森を駆けたんです」

ヴァルは感極まった様子で目許をぬぐい、にっこりした。

「ずっと捜してた。やっと会えて、本当に嬉しい」

その笑顔がシグルトにそっくりで、アンネリーゼはハッとした。

今までは、確かに顔はうりふたつだけど性格が全然違うせいかあまり似た感じがしないな……と思っていたのだ。

シグルトは胸が詰まったような面持ちで絶句していたが、やがてその顔に感動的な喜びの笑みが浮かんだ。

「……ああ、俺もだよ」

「兄上ー！」

またもやガバと抱きつかれてシグルトは一瞬固まったが、苦笑とともにそっと弟を抱擁した。

やたら抱きつきたがるヴァルと、もう勘弁してくれと身をよじるシグルトの様子についい噴き出してしまうと、ふたりは顔を見合わせて照れくさそうに笑いだした。

その笑顔は本当にそっくりだった。

シグルトは騎士たちの半数を連れ、飛竜で一足先に王都へ帰還することにした。帝国使節団の到来を王宮に知らせるためだ。アンネリーゼもファルハに同乗させてもらう。

帝国の騎士たちは騎馬で来ていた。ずっと森の上空が飛べなかったため、通れるようになったと聞いても竜を飛ばすことを思いつかなかったのだ。

ヴァルはひどく悔しがったが、竜を貸そうかというシグルトの申し出には首を振った。せっかくだから兄の育ったヴィルトローゼの景色をよく見たいという。

マルグレーテとシュタイベルト兄妹は相変わらず放心状態だが、付き添いがいれば立ったり座ったりはできるので、メイドとともに馬車で戻ることになった。

帰還したシグルトから森が通れるようになったと報告を受けて国王は大喜びだった。

三十年も閉ざされていた国境がようやく開いたのだ。しかもさっそく帝国の使節団が到来したという。国王は即座に歓待の用意を命じた。王妃も嬉しそうにうきうきしている。

一礼して退出しようとするシグルトを、慌ててアンネリーゼは引き止めた。

「ちょっと。言わなきゃだめよ」

「そう……かな」

「だめに決まってるでしょ！」

「なんだね？」

怪訝そうに国王が尋ねる。アンネリーゼに睨まれ、渋々シグルトは国王に向き直った。

「実は――」

話を聞くうち国王は呆気にとられた顔になり、まじまじと彼を見つめた。

「て……帝国の皇子だったのか……!?」

「どうもそのようで……」

照れたように頭を掻くシグルトを啞然と見ていた国王は、玉座の腕を叩いて笑いだした。

「ははは！　そうか、そうか。どうやら私は誰よりふさわしい相手に娘を嫁がせていたようだな。……いや、よかった。本当によかった……」

しみじみと言われ、アンネリーゼは胸が熱くなった。

「……幸せかね？　娘よ」

「はい、お父様。何もかもお父様のおかげですわ。ありがとうございます」

満面の笑みを眩《まぶ》しげに見つめ、国王は無言で何度も頷いた。

その傍らで王妃がそっと目頭を押さえていた。

終章

帝国の一行は大歓迎を受けた。

王都の通りは花とリボンで飾りつけられ、王国旗と帝国旗が並んで爽風にたなびいている。沿道には住民が鈴なりになって拍手と歓声を送った。

中でも長年ヴィルトローゼに取り残されていた帝国人たちは感動もひとしおだ。ヴァルと帝国騎士たちは笑顔で手を振って歓迎に応えた。

王宮でヴァルと対面した国王は、前もって聞いてはいたものの、シグルトとのあまりの相似にしばし声を失った。

ヴァルは皇帝からの親書を手渡し、近いうちに是非帝国を訪れてほしい旨を伝えた。皇帝夫妻からの祝いの品も山のようにあった。

王宮では歓迎の晩餐や舞踏会が開かれ、王都近郊の視察や竜騎士団への訪問も行なわれた。シグルトは自分が皇子であることを伏せておきたかったのだが、うりふたつのヴァルが使節団を率いていては到底無理だった。

彼らは王都に二週間ほど滞在して帰国の途についた。

一緒に帰国しようとヴァルはシグルトを熱心に搔き口説《くど》いたが、竜騎士団長としての立場上そうもいかない。彼は現在ヴィルトローゼ国王の封臣《ほうしん》なのだ。

帝国の皇子が領邦国王の臣下でいいのかなど、検討しなければならないことがたくさんある。今のところヴァルが皇太子だが、本人が言い張るとおり本来は兄のシグルトが皇太子である。

双子なんだからどっちでもいいじゃないかとシグルトは言ったのだが、たとえ数十分の差でも兄は兄だと、ヴァルは譲らない。

ともかく一か月以内には帝国を訪問することを約束して一行を送り出した。

ヴァルはシグルトに抱きついて離れようとせず（彼は隙あらばシグルトに抱きつこうとする）、業を煮やしたお目付役の騎士に引きずられるようにして涙ながらに去っていった。

「一緒に育ったとしてもこれほど性格が違ったのかな……」

溜め息をついてぼやくシグルトにアンネリーゼはくすくす笑いをこらえきれなかった。

その肩にフィルストがちょんと留まる。

掌サイズの小竜は名をフィルストといった。王都に来てしばらくはシグルトにまとわりついていたが、この大きさではどうがんばっても乗せられないと諦めがついたようで代わりにアンネリーゼの護衛をすることにした。

小さくても竜だから、いざとなればかなりの戦闘力がある。

マルグレーテは公爵邸に戻ってもしばらくの間ぼんやりしたままだった。少しずつ喋るようになったものの、今までのことは何もかも忘れていた。

精神的にも逆行してしまい、まるであどけない童女のようだ。

アンネリーゼが見舞いに行くと、夫であるアイヒベルガー公爵の後ろに半ば隠れながらはにかんだ笑みを覗かせた。

胸が痛む一方で、幸せそうな様子に安堵もした。

公爵は意外にも、記憶をなくして幼児化してしまった妻の世話をかいがいしく焼いている。マルグレーテのほうがひとまわり年上なのだが、並んでいるとまるで仲むつまじい兄妹のようだ。

毒気にまみれた母と五年以上も一緒に暮らしながらなんの悪影響も受けなかったのだから、一見気弱そうに見えて実はしっかりした人だったのだろう。

あるいは風や流水のように超然と受け流すことのできる人なのだ。

公爵が夫であることを理解しているかどうかはわからないが、マルグレーテが彼をとても慕っていることはよくわかってホッとした。

母の異常な強欲と上昇志向が病んだ竜の影響だったことをアンネリーゼは父王に詳しく説明した。父とこれほど長く真摯に話をしたのは初めてだ。

真剣な顔で聞き入っていた国王は、そうであったかと重々しく頷いた。だからと言って許す気にはなれないが、とても気の毒に思う、と。

母が記憶を失い、幼女のようになってしまったと聞いて、国王は深い溜め息を洩らした。

「それが彼女《あれ》にとって罰なのか救いなのかはわからぬが……公爵の度量の広さには感銘を受けた」

「ずっともとには戻らないのでしょうか」

痛ましげに王妃が尋ねると、国王は首を振った。

「そのままのほうが当人にとっても幸せかもしれないな」

アンネリーゼも同感だった。

慌ただしく一か月が過ぎ、今度はシグルトがアンネリーゼを連れて帝国へ赴くことになった。完全に帰国するわけではなく、両親に会うための一時的なものだ。

生まれ故郷に戻るべきかどうか、彼は未だに決めかねている。

シュタイベルト侯爵との猶子関係はすでに解消済みだ。子息らの不始末を知った侯爵は多大なショックを受け、シグルトが帝国皇子であることもわかって自ら解消を申し出た。

兄妹は王女誘拐の罪で王宮の監獄に入れられている。マルグレーテの悪影響から解放され、三人とも深く反省の様子を見せていることが救いだ。

帝国への訪問は当初、国王夫妻にシグルトたちが同行することが検討されたが、国王の正式訪問となると準備に時間がかかる。息子の帰郷を待ちわびているであろう皇帝夫妻のことを慮り、ひとまずシグルトとアンネリーゼが先に赴くこととなった。

長年ヴィルトローゼに取り残されていた帝国人たちも、現状を知らせるべく代表数名が同行する。

今回はシグルト本人の希望を汲《く》んで、ヴィルトローゼ国王の名代としてヘレンヴァルト辺境伯の身分で訪問するが、今後のことを家族でよく話し合ってくるよう国王は強く勧めた。

彼が帝国の皇太子になれば、辺境伯の爵位はともかく竜騎士団長に任じてはおけない。だが、騎士団に愛着のあるシグルトは退任したくはなかった。平団員でかまわないと言ったのだが、とんでもないと断固拒否された。

その辺りのことも今回の訪問ではっきりさせてほしいと国王は切に願っている。

アンネリーゼとの婚姻について皇帝がどう思うかも気がかりだ。

国王として王女が帝国の皇子（皇太子であろうとなかろうと）の妃であることは有利だという思惑もあるが、父親としてはせっかくうまく行っている夫婦仲を裂かれるようなことにはなってほしくない。

父王が自分を娘として心配してくれることがアンネリーゼにはとても嬉しかった。

結果的に、国王の心配は杞憂《きゆう》に終わった。アンネリーゼはシグルトとともに皇宮で熱烈な歓迎を受けたのである。

帰国したヴァルから報告を受け、皇帝夫妻は非常に喜んだ。

身元不明の孤児として育ったにもかかわらず、立派な騎士に成長し、さらには国王自身の肝煎《きもい》りで王女を妻にしていたのだ。

謁見の間に入ると、皇帝夫妻はいそいそと玉座から立ち上がってシグルトを迎えた。

感無量の面持ちで皇帝ヘルマンは息子を抱きしめ、続いて皇妃アレクサンドラが涙にくれながらひしと抱きしめた。

皇帝夫妻はアンネリーゼの挨拶を満面の笑みで受けた。皇妃は親しげにアンネリーゼを抱擁し、娘ができてとても嬉しいと笑った。

大々的な歓迎行事がいくつも開かれた。初めて見る帝国の威容《いよう》は想像以上で、帝都の住民だけでもヴィルトローゼの全国民より多いのではないかと思われるほどだ。

ただ、竜だけはヴィルトローゼのほうが数が多く、見た目や体格も良いようだった。

理由はわからないが、ヴィルトローゼ東部にそびえる大巌壁で生まれ育った竜は優秀であるらしい。

皇帝夫妻と双子の弟だけでなく、皇宮の廷臣たちにとっても第一皇子が生きていたことは朗報だったが、複雑そうな顔をする者も少なからずいた。

生きていたのは喜ばしいが、後継者争いが勃発するのではと心配しているのだ。

だが、ヴァルことエトガル＝ヴァールハイト皇子は、自分はあくまで暫定的に代理を務めていただけであって、兄が生還したからには速やかにその地位を返上すると先の主張を繰り返した。

シグルトは、自分はずっとヴィルトローゼで育って帝国のことを知らないから、と固辞したのだが、これから学べばいいだけさとヴァルは聞かない。

譲り合いが嵩じてあわや兄弟喧嘩が始まりそうになり、皇帝が仲裁に入った。

「何も今すぐ決める必要はない。無事に生きていてくれたのだから、ゆっくり話し合って皆が納得できるようにしようじゃないか」

ふたりとも不満そうに渋々頷いた。そんなところも妙に似ていて可笑しくなる。

何かというと抱きつかれることには辟易していても、結局はシグルトも双子の弟に特別な絆を感じているらしい。

ヴァルは兄が生きていることを疑うことなく捜し続けた。そしてついに見つけたのだ。

命を分かち合って生まれてきた、己の半身を。

だから、抱きつかれるくらいいいじゃないとアンネリーゼが言うと、シグルトは肩をすくめた。

自分と同じ顔の男に抱きつかれても嬉しくない、と憮然とする彼にくすくす笑っていると、お仕置きのように押し倒されてしまった。


繰り返し引き止められるうちに滞在が長引き、そろそろ二か月になるところでシグルトは帰国を決めた。

「兄上の帰る国はここだ！」

と騒ぐヴァルに呆れつつ、皇帝夫妻は名残惜しげに頷いた。

「ヴィルトローゼに恩義を感じる気持ちはわかるし、そういうそなたを誇りに思う。だからこそ、いつか戻ってきてほしい。すぐにとは言わない。よく考えてくれ」

真剣な口調に打たれて皇帝を見つめ、シグルトは無言で深く頷いた。

「僕に遠慮することないからね、兄上」

あっけらかんと言う次男を横目で睨み、皇帝は溜め息をついた。

「こいつと来たら、ずっとこんな調子でな……」

「皇帝になりたいと思わないのか？」

シグルトが尋ねると、ヴァルは即答した。

「なりたくないというより、僕には無理！」

「双子だろ⁉」

思わずシグルトは食ってかかったが、ヴァルはしれっと応じた。

「双子でも無理。父上だってそう思うでしょ？」

皇帝は答えず片手で顔を覆って深々と嘆息した。『まったく甘ったれなんだから……』と皇妃にまで溜め息をつかれても、ヴァルはニコニコしていた。

「……必死に俺を捜したのは帝位を押しつけるつもりだったんだな」

「まさか！　会いたかったからに決まってるよ」

心外そうに口をとがらせる弟を、シグルトはげんなりと眺めた。


馬車何台分もの土産を持たされ、シグルトとアンネリーゼは二カ月ぶりに帰国した。

国王への報告を済ませ、ようやく自宅へ帰り着く。

食事と湯浴みを済ませ、早々に寝室に引き上げると彼はしみじみと呟いた。

「やっぱり我が家が一番落ち着くな」

「本当ね」

頷いたアンネリーゼは、ふと腕を上げると両手を見つめた。

今でも時折思い出す、天空から舞い落ちてきた半透明の白い花びら。淡雪のように消えたはずの花びらがあのとき噴き出し、病んだ黒竜を癒《いや》したこと。

仲間の竜からの贈り物、治癒の力を持った鱗だったのだと蒼竜は言った。

「……ずっと不思議に思ってたの。どうしてわたしのところに治癒の鱗が降ってきたんだろうって。わたしは〈魔の森《ヘレンヴァルト》〉から遠く離れた王都にいたのに」

シグルトはアンネリーゼと肩を並べて掌を見上げた。

「それはきみがマルグレーテの娘だったから……じゃないかな」

「やっぱりそう思う？」

「ああ。〈魔の森《ヘレンヴァルト》〉の上空には瘴気が蟠《わだかま》り、嵐となって吹き荒れていた。仲間の竜が治癒力を送ろうとしても直接届けることができなかったんだろう。マルグレーテは病んだ竜の影響を誰より強く受けていたから、彼女を通して浄化できるかもしれないと、娘のきみに託したんじゃないかな」

「そうだとしたら、ずいぶん時間を無駄にしてしまったわ。もっと早くお母様を治せたはずなのに……。わたしはお母様に触れることができなかったの」

「それはきみのせいじゃない。彼女のほうが拒否してたんだ。本能的に拒絶したのかもしれないな」

アンネリーゼには母と触れ合った記憶がない。マルグレーテが娘を腕に抱いたことはおそらく一度もないだろう。

彼女は最初からアンネリーゼを拒否していた。男子が生まれることを信じて疑わなかったマルグレーテにとって、娘は敗北の証だったから――。

シグルトがふいに腕を回してアンネリーゼを抱きしめた。

「癒しの力がなくなったとは思わないな。こうしてると癒され、浄化されるのが実感できる」

「単なる身びいきよ、それは」

「きみを抱きしめれば力が湧いてくるのは事実なんだから、それでいい」

くすぐったい気分でアンネリーゼは彼の背を撫でた。

「ヴァルに抱きつかれても癒されたでしょ？」

「やめてくれよ。そりゃ、兄弟がいたのは嬉しいけど、あの勢いで自分と同じ顔に迫られたら反射的に逃げたくなる」

憮然とするシグルトにくすくす笑いながらアンネリーゼはキスをした。

「お兄さんが大好きなのよ」

「俺が抱きつかれたいのはきみだけだ。いつだってきみを抱きしめたくてたまらない。きみになら、いつ抱きつかれても大歓迎だよ」

冗談めかした口調だが、彼の目は完全に本気だ。

実の両親や双子の弟が現れても、シグルトにとってアンネリーゼが一番であることは変わらない。それが嬉しくて、誇らしかった。

「……ずっと側にいてもいい？」

「いてくれないと困る」

真剣そのものの口調で言って、シグルトはアンネリーゼの唇を塞いだ。

甘く舌を絡めながら互いの夜着を剝ぎ取ってゆく。熱い素肌を重ね合わせ、何度もくちづけを交わした。

がっしりした掌が乳房を包み、大胆に捏ね回す。アンネリーゼは息を弾ませ、恍惚と背をしならせた。固く尖った先端が痛いほどに疼いている。

見透かしたようにシグルトは乳首を口に含み、角度を変えながら吸いねぶった。

もう片方も指でくりくりと紙縒ってそばだてる。

きゅっと締まった乳首を舌先で転がされると、鋭い快感がツキンと雌蕊に走った。

刺激をやり過ごそうとアンネリーゼは無意識に腿をすり合わせた。

思うさま乳首を弄ぶと、彼は乳暈《にゅううん》ごと口に含み、じゅうっと吸い上げた。

「あンッ」

反射的に嬌声が口を突き、顔を赤らめる。

シグルトは膝裏を掴んでアンネリーゼの太腿を持ち上げ、花弁の奥を探り始めた。

指先でくすぐるように媚蕾を愛撫《あいぶ》されると、待ちわびていたようにどっと蜜があふれ出

す。

蜜をまとった指がずぷぷっと花筒に滑り込んだ。固い関節に粘膜を刺激され、下腹部に甘だるい快感がわだかまる。

アンネリーゼは肩をすぼめ、熱い吐息を洩らした。

くちゅくちゅと指が前後するたびに愛蜜がしぶき、たらたらと腿を伝い落ちてゆく。

臍の裏を撫でられるような感覚に、ぎゅっと目をつぶる。下腹部が震え、稲妻のように快感が走った。

媚壁がびくびくとわななき、シグルトの指に甘えるようにまとわりつく。

ゆっくりと引き抜いた指を、見せつけるように彼は舐めた。

アンネリーゼは魅せられたようにその様を見つめながら大胆に脚を広げた。とろとろと蜜をこぼす花弁がぱくりと口を開ける。

シグルトは目を細め、屈《かが》み込んで舌を伸ばした。

ちょん、と舌先で花芽を突つかれて身悶える。

「ん……っ、だめ、もっと……」

しっかり触れてほしい。わかっているくせに、シグルトは焦らすように舌先でなぞるだけだ。

たまらず腰を揺らして淫らにおねだりすると、彼は満足げな笑みをこぼして花芯に吸いついた。

望みどおり思いっきり蜜襞を啜られて、アンネリーゼは甲高い嬌声とともに背をしならせた。ぞくぞくと背筋を愉悦が駆け上る。

ぴちゃぴちゃと猫が水を飲むような音が響き、羞恥と快感とで涙ぐみながらせわしなくアンネリーゼは喘いだ。

恥ずかしいのに気持ちがよすぎて、自分からそれを求めてしまう。

舌の動きに合わせて腰を揺らしながら、アンネリーゼは恍惚の境地に達した。

快感の余韻にうっとりしていると、シグルトがおもむろに膝立ちになった。

彼の剛直はすでに猛々しく反り返り、鈴口からたらたらと淫涙をこぼしている。

アンネリーゼは躊躇《ちゅうちょ》なく彼ににじり寄り、屹立を口に含んだ。

かすかな苦みが口腔に広がり、いっそう嬉しくなって懸命に肉棒を舐めしゃぶりながら玉袋を優しく愛撫する。

結婚したての頃は恥ずかしくて直視すらできなかったのに、今では彼を悦ばせたい一心で大胆に励んでしまう。

褒めるように頬や髪を撫でられ、嬉しくなってアンネリーゼは腰をくねらせた。

張りつめた雄茎の舌触りをうっとり味わっていると、シグルトがそっと腰を引き、ちゅぽんと楔《くさび》が抜けた。

胡座《あぐら》をかいた彼に跨がり、肉槍に手を添えながら腰を落とす。

長大な熱杭に貫かれる感覚だけで達しそうになった。

根元までずっぷりと男根を呑み込み、悦びに身を震わせる。軽く肌が粟立《あわだ》つような感覚に、ますます快楽が研ぎ澄まされた。

餓《う》えたように唇を塞がれ、夢中になって応えた。

互いの性器を舐めあった後のくちづけに不快感はない。むしろ、独占欲を満たす幸福感と昂奮とで頭の芯まで痺れてクラクラする。

「好き……シグルト……っ」

うわごとのように囁くと、噛みつく勢いで唇を塞がれ、痛いほど舌を吸われた。

生理的な涙で睫毛が重く濡れる。

互いに口唇をむさぼりながら深く繋がった腰を揺すり立てる。

「んッ、んッ、んッ、ぁむ、んぅっ」

声にならない睦言が熱い吐息に溶ける。猛《たけ》り勃つ剛直でずくずくと突き上げられるたびに力なく身体が揺れ、上気した乳房を汗が伝い落ちる。

シグルトの厚い胸板に乳房を押しつけ、アンネリーゼは無我夢中で腰を振りたくった。

迫り来る絶頂の予感にぞくんと震え、彼の背に腕を回してしがみつく。

やがて待望の瞬間が訪れて、アンネリーゼは背を反らして恍惚の境地をたゆたった。

びくっ、びくんと花襞が痙攣し、挿入された雄茎を締めつける。心地よさそうにシグルトは溜め息を洩らした。

「ふ……」

深く繋がった腰をゆったりと押し回しながらシグルトは愛おしげに幾度もくちづけを繰り返した。うっとりと放心するアンネリーゼに彼は囁いた。

「気持ちよかった？」

「ん……」

夢見心地に頷く。言葉では言い表せないくらいの快感が、今なお続いている。

彼の胸にもたれかかり、アンネリーゼは幸福感に浸った。

「すごいの……。まだ、雲の上にいるみたい……」

優しく背中を撫で、彼はそっとアンネリーゼを褥《しとね》に横たえた。

未だゆるゆると痙攣を続ける花弁を確かめるように剛直を先端近くまで引き出し、またずぷずぷと埋め込んでゆく。貪欲なその動きに、蜜壺がふたたび蠢き始める。

ゆっくりとリズミカルな抽挿が始まり、アンネリーゼはむずがるように甘く喘いだ。快美感に包まれ、まるで宙に浮いているかのようだ。

愉悦に痺れた脳裏に半透明な白い花びらの幻影が浮かび、さらなる心地よさに恍惚となる。

いつしか抽挿が激しくなり、熱っぽい吐息とともにずんずん奥処を穿たれた。快楽で下がってきた子宮口を先端が小突き上げるたび、ひときわ濃い蜜が滴る。

やがて彼の口から官能的な呻きが洩れ、熱いしぶきが堰《せき》を切った。

痙攣する蜜襞に、どくどくと白濁が注ぎ込まれる。

繰り返し腰を叩きつけ、猛る欲望をすべて出し切ると、シグルトはアンネリーゼに覆い被さって固く抱きしめた。

「まったくきみは……本当に最高だよ……」

満足げに呟いて、彼は顔中に唇を押しつけた。

逞しい背をゆるゆると撫でながら、アンネリーゼは幸福感に酔い痴れた。

シグルトがどのような決断を下そうとも、けっしてその側を離れまい。

一緒に竜で飛んだときに眺めた美しい景色のように、どこまでも未来は広がっているはずだから。

満ち足りた笑みを浮かべ、アンネリーゼは愛しい夫の胸で幸せな眠りに就いた。

あとがき

こんにちは。このたびは『身に覚えがない「悪役王女」ですが、一途な竜騎士団長と甘々新婚生活しています』をお読みいただき、まことにありがとうございました。お楽しみいただけましたでしょうか？

最初は悪役令嬢の娘という設定で考えたんですが、断罪されない悪役令嬢は単なる悪い人ですと言われてしまい。うん、まぁそうですよね。

ということで、悪女母のせいで偏見に苦しんできたヒロインが、自分を崇めてやまない熱血騎士団長と結婚して溺愛されるお話となりました。

こっそりぶっちゃけますと、今回はえらい大変でした。めちゃくちゃ書き直しました。ファンタジー色強すぎと実母ひどすぎでほとんど半没。ちょっと特殊な進行状況もあってマジで泣きました。自業自得ですけどね！

ともかく色々と勉強になりました。この仕事始めて長いけど、いつだって学びはあるものです。というか、わたしの学習能力が低すぎるのかも……？

さて今作も例によって温泉が出てくるのですが、絶景露天風呂は実在する某温泉を思い浮かべながら書きました。

具体的にどことは言えませんが、山の中にあって崖っぷちで見晴らし最高の秘湯です。わたしが行ったのは冬だったのでめちゃ寒かったですが、季節を変えて是非また行きたいと思っています。

今回は氷堂れん先生が挿絵をつけてくださいました。氷堂先生とは何度かご一緒させていただいておりますが、今作では非常――にご迷惑をおかけして大変申し訳なく、伏してお詫び申し上げます。編集様にもお手数をかけまくりました。ほんとすみません……。

読者の皆様が、にまにましながら楽しく読んでくだされば、泣きながら書き直した甲斐があるというものです。そうなってることを切に願います。

ここ数年はコロナの影響で遠出を控えていましたが、そろそろ足を伸ばしたいですね。

それでは、またいつかどこかでお目にかかれますように。

小出みき

原稿大募集

ヴァニラ文庫では乙女のための官能ロマンス小説を募集しております。
優秀な作品は当社より文庫として刊行いたします。
また、将来性のある方には編集者が担当につき、個別に指導いたします。

◆募集作品

男女の性描写のあるオリジナルロマンス小説（二次創作は不可）。
商業未発表であれば、同人誌・Web 上で発表済みの作品でも応募可能です。

◆応募資格

年齢性別プロアマ問いません。

◆応募要項

・パソコンもしくはワープロ機器を使用した原稿に限ります。
・原稿は A4 判の用紙を横にして、縦書きで 40 字 ×34 行で 110 枚 ~130 枚。
・用紙の 1 枚目に以下の項目を記入してください。
①作品名（ふりがな）/②作家名（ふりがな）/③本名（ふりがな）/
④年齢職業 /⑤連絡先（郵便番号・住所・電話番号）/⑥メールアドレス /
⑦略歴（他紙応募歴等）/⑧サイト URL（なければ省略）
・用紙の 2 枚目に 800 字程度のあらすじを付けてください。
・プリントアウトした作品原稿には必ず通し番号を入れ、右上をクリップなどで綴じてください。

注意事項

・お送りいただいた原稿は返却いたしません。あらかじめご了承ください。
・応募方法は必ず印刷されたものをお送りください。CD-R などのデータのみの応募はお断りいたします。
・採用された方のみ担当者よりご連絡いたします。選考経過・審査結果についてのお問い合わせには応じられませんのでご了承ください。

◆応募先

〒100-0004　東京都千代田区大手町 1-5-1　大手町ファーストスクエアイーストタワー
株式会社ハーパーコリンズ・ジャパン　「ヴァニラ文庫作品募集」係

身に覚えがない「悪役王女」ですが、一途な竜騎士団長と甘々新婚生活しています

Vanilla文庫

2023年7月5日　第1刷発行　定価はカバーに表示してあります

著　者　小出みき　©MIKI KOIDE 2023
装　画　氷堂れん
発行人　鈴木幸辰
発行所　株式会社ハーパーコリンズ・ジャパン
東京都千代田区大手町1-5-1
電話　03-6269-2883（営業）
0570-008091（読者サービス係）

印刷・製本　中央精版印刷株式会社

Printed in Japan ©K.K. HarperCollins Japan 2023 ISBN978-4-596-52146-0